Historiæ
Rizzoli

Dello stesso autore in Rizzoli

Nel nome di Dio
Il tesoro del diavolo

LUIGI PANELLA

L'ANGELO DELL'APOCALISSE

LE CRONACHE DELL'INQUISITORE

Rizzoli

Pubblicato per

Rizzoli

da Mondadori Libri S.p.A.

ISBN 978-88-17-18873-9

Prima edizione Historiae Rizzoli: marzo 2024

Realizzazione editoriale: Studio editoriale Littera, Rescaldina (MI)

L'ANGELO DELL'APOCALISSE

L'ABBAZIA DI FOSSANOVA NEL 1274

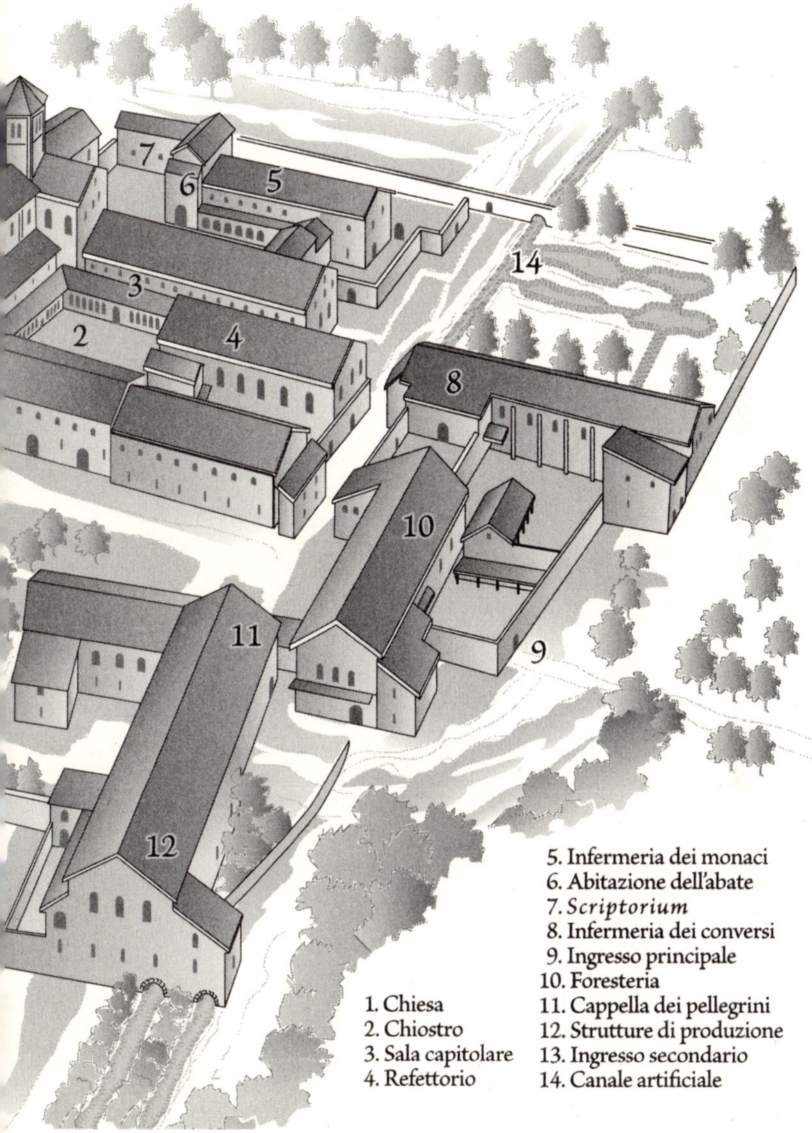

1. Chiesa
2. Chiostro
3. Sala capitolare
4. Refettorio
5. Infermeria dei monaci
6. Abitazione dell'abate
7. *Scriptorium*
8. Infermeria dei conversi
9. Ingresso principale
10. Foresteria
11. Cappella dei pellegrini
12. Strutture di produzione
13. Ingresso secondario
14. Canale artificiale

Le date cristiane medievali si riferiscono al calendario giuliano, utilizzato fino al 1582, in ritardo di circa dieci giorni rispetto all'attuale calendario gregoriano.

Le ore canoniche sono un'antica suddivisione della giornata sviluppata nella Chiesa cristiana per la preghiera in comune. La suddivisione oraria è approssimativa, in quanto varia a seconda delle località e delle stagioni.

Vigiliae: tra le due e le tre di notte.
Laudi: tra le cinque e le sei del mattino.
Prima: intorno alle sette del mattino.
Terza: intorno alle nove del mattino.
Sesta: mezzogiorno.
Nona: tra le due e le tre del pomeriggio.
Vespri: tramonto.
Compieta: dopo il tramonto e prima del riposo notturno.

A Gabriella

Prologo

Avignone, chiesa di Santa Maria,[1] *18 luglio 1323, dopo i vespri*

Nella grande chiesa sullo sperone roccioso che dominava il fiume Rodano, la solenne funzione per la canonizzazione di frate Tommaso d'Aquino si era appena conclusa. Papa Giovanni XXII, re Roberto di Sicilia, i prelati e i dignitari erano usciti lentamente, spostandosi nell'adiacente palazzo episcopale, sede pontificia da quando, quasi quindici anni prima, Clemente V aveva rifiutato di trasferirsi in una Roma dilaniata dalle lotte tra le fazioni.

La chiesa era tuttavia ancora gremita. Lungo le quattro campate della navata illuminata da centinaia di candele, i fedeli restavano assorti, intenti ad ascoltare un giovane frate domenicano che leggeva con tono ieratico episodi della vita del santo. Erano brani tratti dalle due biografie che avevano documentato la santità di Tommaso: una scritta da Guglielmo di Tocco, l'altra da un anziano frate che, al termine della cerimonia, era andato a sedersi con passo incerto sulla cattedra di marmo lasciata libera dal papa, istoriata con l'immagine di san Marco sotto forma di leone alato con le Scritture tra le zampe. Il vecchio era rimasto lì, in silenzio, il volto nascosto dal cappuccio nero della veste domenicana. Per tutta la vita era stato uno spietato inquisitore della pravità eretica, e non voleva che ora qualcuno potesse intravedere la sua commozione, un sentimento nuovo anche per lui. Non riusciva tuttavia

[1] Notre-Dame des Doms.

ad allontanarsi. Voleva vivere fino in fondo quel giorno di trionfo dell'Ordine dei predicatori.

I domenicani erano riusciti a innalzare all'onore degli altari uno dei loro uomini più controversi, le cui tesi erano state ritenute eretiche dalle principali università della Cristianità, Parigi e Oxford. Il 7 marzo 1277, esattamente tre anni dopo la morte di Tommaso, il vescovo di Parigi, Étienne Tempier, aveva condannato sotto pena di scomunica nove di quelle tesi, senza tuttavia attribuirgliele espressamente. Pochi giorni dopo, il 18 marzo, l'arcivescovo domenicano di Canterbury, Robert Kilwardby, aveva condannato a Oxford trenta tesi, alcune delle quali chiaramente riconducibili a Tommaso.

Ma neppure questo aveva scalfito il percorso del frate verso la santità. La reazione dell'Ordine non si era fatta attendere. Nel 1278, due inquisitori erano stati inviati in Inghilterra per punire chi non aveva rispettato gli scritti del venerabile padre Tommaso e solo la nomina a cardinale aveva salvato Kilwardby. Nel 1279 il capitolo generale domenicano, riunito proprio a Parigi, aveva sancito che non sarebbe stato più tollerato alcun attacco a Tommaso o ai suoi scritti. Da allora, i frati predicatori erano stati inesorabili e il risultato era adesso sotto gli occhi di tutti. Le condanne sarebbero state presto revocate e dimenticate.

Quel giorno rappresentava anche il trionfo di un'altra persona, ma il vecchio inquisitore era ormai rimasto l'unico a saperlo. Presto la memoria di quei terribili giorni di cinquant'anni prima si sarebbe persa per sempre.

1

Appena mi hai udito, hai obbedito

Convento domenicano di Morlaix, 20 aprile 1274, ora terza

La primavera tardava sempre ad arrivare, in quell'estremo lembo di Bretagna. Da tre giorni pioveva ininterrottamente e il vecchio frate aveva dovuto rinunciare alle lunghe passeggiate fino alla spiaggia di Carantec, a un paio di leghe da Morlaix, dove si fermava a pregare nel piccolo cimitero sulle sponde dell'oceano. Percorreva lentamente il chiostro del convento, il cappuccio sulla testa per ripararsi dall'umidità. Ogni tanto si fermava e restava assorto a guardare la pioggia che cadeva copiosa sulle piante intorno al pozzo. Respirò a fondo l'odore della terra bagnata. Non aveva mai amato il sole. Il suo cielo preferito era grigio, con le nuvole basse.

Un rumore di sandali che si avvicinavano veloci si sovrappose a quello delle gocce sulle foglie. Il vecchio non si voltò. Non poteva che essere Bernard de Guyonne, l'unico giovane del convento. Una volta gli aveva detto che la fretta non si addice a un frate predicatore, ma non riusciva a essere troppo severo con quel ragazzo. Alla sua età, anche lui era così. Gli attraversò la mente l'immagine della corsa per contare i pali sui quali sarebbero stati bruciati vivi centottantatré eretici, mentre il suo maestro, Mathieu de Bourbon, se ne stava seduto all'ombra di una quercia. Bernard ignorava il suo ammonimento, ma lo avrebbero rallentato gli anni, come era successo a lui.

Il giovane lo raggiunse ed esclamò: «*Magister!* Sono arrivati tre cavalieri. Uno ha detto di essere il conte di Castres e ha chiesto di voi».

Il vecchio si voltò e abbassò il cappuccio, scoprendo la testa con pochi capelli bianchi tagliati corti intorno alla tonsura.

«Dove sono?»

«Il conte vi attende nell'atrio, gli altri si stanno occupando dei cavalli.»

«Andiamo.»

✠ ✠ ✠

Jean de Montfort, conte di Castres, di Squillace e signore di La Ferté-Alais, Bréthencourt e altre località, aveva meno di trent'anni. Di media statura, bruno e robusto, aveva ancora indosso il mantello zuppo di pioggia. Vedendo entrare il vecchio frate, gli andò incontro sorridendo ed esclamò: «*Magister*, è una gioia rivedervi!».

«*Pax tecum*, Jean. Non pensavo che sarebbe successo.»

«E invece, eccomi qua. Come sapete, non è facile liberarsi di me...»

«Che fai qui? Non ti eri trasferito nei feudi che Carlo d'Angiò ha assegnato a tuo padre nel regno di Sicilia?»

Il giovane si tolse il mantello, scoprendo la cotta d'armi rossa con il suo stemma: un leone grigio rampante e quattro torri azzurre unite da una linea.

«Ho scortato i vescovi del regno a Lione, dove il 7 maggio inizierà il grande Concilio. È da lì che vengo. Papa Gregorio vuole vedervi subito.» Sorrise e aggiunse: «Ha mandato me, confidando che sarei riuscito a convincervi».

Gli occhi verdi del frate si ridussero a due fessure. Si era illuso che si fossero dimenticati di lui, ma il suo passato era tornato a cercarlo. Senza convinzione, provò a dire: «Deve esserci un errore...».

Jean divenne serio.

«Nessun errore, *magister*. Il papa vuole proprio voi, frate Yves le Breton dell'Ordine dei predicatori.»

«Perché?»

«Non dovrei saperlo... invece lo so. Il giorno prima era giunta a Lione la notizia della morte di frate Tommaso d'Aquino.»

«Come? Tommaso è morto?»

«Purtroppo. Agli inizi di marzo, nell'abbazia di Fossanova, mentre era in viaggio per Lione.»

Yves restò in silenzio. Era stato legato a Tommaso da fraterna amicizia e lo riteneva la miglior mente dell'Ordine domenicano, anche se non tutte le sue tesi lo avevano persuaso. Chiuse gli occhi e se lo rivide davanti sorridente nel convento di San Giacomo a Parigi, seduto su uno dei banchi per gli studenti, piegato dal suo peso, a conversare con lui di *correctio fraterna* e del *Timeo* di Platone. Con ironia e intelligenza, aveva suggerito a Yves di lasciar perdere il grandioso progetto che stava all'epoca coltivando, ma egli, accecato dal demonio e dalla presunzione, non gli aveva dato retta, conducendo al disastro una crociata e il suo re. Yves non aveva nemmeno mantenuto la promessa di raccontargli tutto al suo ritorno. Rientrato in Francia, l'unica cosa che era riuscito a fare era stata recidere ogni contatto con il mondo e scomparire. Recitò un *requiem* a fior di labbra, poi chiese: «Com'è morto?».

«Non lo so. Probabilmente toccherà a voi scoprirlo.»

«Il mio tempo è finito, Jean...»

«Siete ancora il migliore degli inquisitori, *magister*.»

«No. L'inquisitore è morto a Cartagine, con il re, tuo padre e tanta altra gente. Torna dal papa e diglielo.»

Il conte lo fissò con severità, poi esclamò: «Nove anni fa, ero poco più di un ragazzo quando, travestito da novizio benedettino, vi ho seguito nel regno di Manfredi. Ci siamo calati insieme dalle mura dell'abbazia di Montecassino, abbiamo affrontato i lupi nei boschi, la cavalleria teutonica a Benevento e Umberto di Fondi nei sotterranei di Cartagine. Mio padre mi ha affidato a voi prima di morire. Se ora il papa vi convoca a Lione dopo la morte di un vostro confratello e amico, vi prego almeno di venire di persona a spiegargli che non volete occuparvene perché siete ancora troppo impegnato a compiangervi!».

«Ho sessant'anni, Jean. Non ho concluso nulla di buono e di nobile in tutta la mia vita. Perché dovrebbe essere diverso, ora?»

«Una volta vi ho sentito dire che occorre sempre bere il calice della volontà di Dio. È il vicario di Cristo che vi chiama, *magister*. Dio forse ha ascoltato le vostre preghiere e vi sta offrendo un'altra possibilità.»

«Mi costringeresti?»

«No, anche se qualcuno si aspetta che io lo faccia.»

«Chi?»

«Bonaventura da Bagnoregio, cardinale e ministro generale dei francescani. È stato lui a comunicarmi la volontà del papa, intimandomi di non tornare senza di voi. Mi ha anche chiesto di riferirvi un suo messaggio personale.»

«Quale?»

«Solo tre parole: "È per Tommaso". Ecco come ho capito la ragione della convocazione.»

Yves chinò la testa. Bonaventura era uno dei più insigni teologi viventi, grande rivale di Tommaso d'Aquino a Parigi nelle dispute dottrinarie, ma anche suo fraterno amico.

Jean lo incalzò: «Non c'è tempo da perdere, *magister*. Dobbiamo partire oggi stesso. Prendete il minimo indispensabile e un mantello per la pioggia. Il cardinale ha anche suggerito di farvi accompagnare da uno dei frati del convento».

«Sono tutti anziani e Bernard è solo un ragazzo.»

«Bernard andrà benissimo. A Montecassino non avevo più anni di lui.»

Lione, castello di Pierre Scize, sede arcivescovile, 2 maggio 1274, prima dei vespri

Erano i quattro uomini ai vertici della Chiesa universale: il papa, due cardinali, uno dei quali ministro generale dei francescani, e il maestro generale dei domenicani.

A Yves sembrava di avere tutte le ossa a pezzi, ma riuscì comunque a inginocchiarsi davanti al pontefice. Il viaggio a dorso di mulo, durato ben dodici giorni, era stato massacrante. Non gli era mai piaciuto cavalcare, ma alle sue rimostranze la risposta di Jean era stata che per raggiungere Morlaix da Lione aveva impiegato appena sette giorni, mentre con lui stavano procedendo molto più lentamente. Yves aveva replicato che ciò che poteva apparire lento per un giovane a cavallo non lo era per un vecchio su un mulo. Dio aveva almeno voluto che, lasciata l'umida Bretagna, il tempo migliorasse. I due cavalieri che li scortavano sembravano fratelli, entrambi bruni, robusti e taciturni, anche se uno era francese e l'altro italiano. Yves aveva già conosciuto Godefroy de Montreveil durante la conquista del regno di Sicilia. L'altro, Ruggero di San Floro, veniva dalla contea di Squillace, nel *Brutium*,[2] tolta da Carlo d'Angiò al cugino di Manfredi, Bartolomeo d'Aliano, e assegnata ai fidi Montfort.

La sede arcivescovile di Lione era nel castello di Pierre Scize, che si innalzava sulla Saône, dove il fiume è stretto tra due colline. L'ingresso era situato alla base di una di esse e da lì iniziava una scalinata di duecento gradini, percorsa faticosamente da Yves con alcune soste. Giunto ansimante nel cortile della fortezza, il frate era stato preso in consegna da un francescano, che lo aveva condotto attraverso una stretta scala di pietra fino a un salone al primo piano della torre principale.

Il papa parlò a voce bassa: «Alzatevi, frate Yves».

Gregorio X aveva sessantaquattro anni, un naso prominente che spiccava sulle guance scavate, il mento sporgente e gli occhi grandi. Al secolo Tedaldo Visconti da Piacenza, era stato eletto nel 1271 dai diciannove cardinali riuniti a Viterbo dopo quasi tre anni di discussioni. Alla fine, per costringere i porporati a decidere, i viterbesi li avevano chiusi a chiave in un salone,[3] avevano ridotto i rifornimenti di viveri e persino scoperchiato il tetto del palazzo. Così avevano scelto Tedaldo, che non era cardinale e nemmeno vescovo, avendo preso solo gli ordini minori. La notizia dell'elezione lo aveva raggiunto ad Acri, dove si trovava con il

[2] La Calabria medievale.

[3] Da allora, la riunione del Sacro Collegio sarebbe stata chiamata «conclave».

principe inglese Edoardo che, presa la croce, per sua fortuna non era arrivato in tempo per unirsi alla spedizione di Luigi di Francia a Tunisi.

Yves ricordava di averlo incontrato a Parigi da giovane, prima della crociata in Egitto. Era un canonico che frequentava gli ambienti dell'università. Persino a Morlaix era giunta voce che fosse stato Bonaventura da Bagnoregio a propiziarne l'elezione. Vero o no, il francescano era stato nominato da Gregorio vescovo e cardinale e ora sedeva alla sinistra del pontefice. Cinquantasette anni, alto, magro, la barba bianca, indossava l'informe saio di lana grigia del suo Ordine, senza alcun segno distintivo della carica cardinalizia.

Il cardinale alla destra del pontefice era il domenicano Pierre de Tarentaise, altra vecchia conoscenza di Yves. Volto affilato e corta barba brizzolata, anche lui vestiva come un semplice frate. Già provinciale dell'Ordine dei predicatori in Francia e maestro di teologia a Parigi, era stato nominato da papa Gregorio arcivescovo di Lione e cardinale primate delle Gallie per organizzare il Concilio. Il fatto che sedesse alla destra del pontefice segnalava un'anzianità come cardinale maggiore di quella di Bonaventura, anche se Pierre era più giovane, avendo solo cinquant'anni.

Il quarto uomo era frate Giovanni da Vercelli, da dieci anni maestro generale dell'Ordine domenicano e ormai quasi settantenne. Di media statura, magrissimo, il volto sbarbato, non dimostrava la sua età. Yves pensò che i continui spostamenti a piedi o a dorso di mulo in tutti i Paesi in cui l'Ordine aveva le sue sedi gli stessero allungando la vita. Era sempre stato un sostenitore di Tommaso d'Aquino, anche se l'attenzione alle forme giuridiche lo privava dell'audacia dei suoi predecessori, Giovanni Teutonico e Umberto di Romans, che avevano reso grande l'Ordine domenicano nel giro di pochi decenni.

La voce del papa era sottile e roca, in contrasto con il suo corpo massiccio. «Vi ringraziamo per essere accorso subito. Ricordiamo di avervi incontrato a Parigi, prima che partiste per la dolorosa *expeditio crucis* in Egitto. Eravamo giovani entrambi...»

«Venticinque anni fa, Santità.»

«Sì, tanto tempo... Purtroppo, nonostante i suoi sforzi, le spedizioni della croce di re Luigi non hanno avuto successo. Ciò che resta del regno di Gerusalemme sta per cadere nelle mani degli infedeli. La notizia della nostra elezione a servo dei servi di Dio ci ha raggiunto ad Acri, quindi conosciamo bene la difficile situazione di Outremer. Per questo abbiamo deciso di convocare il Concilio. Occorre superare la millenaria divisione tra la Chiesa di Roma e quella di Bisanzio e porre le premesse per uno sforzo unitario di tutta la Cristianità, una nuova *expeditio crucis* che consenta il recupero della Terrasanta.»

«Certo, Santità.»

Il tono di Yves era stato deferente, ma il pontefice comprese che non era il caso di dilungarsi sui temi del Concilio.

«Non è per questo, tuttavia, che vi abbiamo chiamato. Come avrete saputo, il 7 marzo è morto nell'abbazia di Fossanova nostro fratello Tommaso d'Aquino. Stava venendo a Lione, convocato da noi. Era nostra intenzione affidargli il sermone introduttivo di una delle sessioni conciliari.»

Il papa indicò il ministro generale dei francescani e proseguì: «Il cardinale Bonaventura ci ha chiesto di incaricarvi di svolgere un'indagine per verificare le circostanze del suo decesso, che dai primi messaggi pervenuti sembrerebbe dovuto a cause naturali».

Il frate rispose: «Avevo grande stima di Tommaso d'Aquino, un uomo buono e sapiente. Mi onoravo di essere suo amico. Se vi sono ragioni che inducono il cardinale Bonaventura a sollecitare un'inchiesta, è bene che l'inchiesta vi sia, ma temo di non poter essere io a condurla. Sono ormai vecchio, Santità, e ho lasciato da tempo l'*officium* inquisitoriale».

Gregorio piegò le labbra in quello che forse voleva essere un sorriso. «Siete più giovane di noi e avete quasi dieci anni meno del maestro del vostro Ordine. Siamo a conoscenza dell'amicizia che vi legava a frate Tommaso e anche della vostra lunga esperienza come inquisitore. Ci sono comunque altre considerazioni che ci inducono a confermare la vostra designazione. Il re di Sicilia, Carlo d'Angiò, ha stima di voi e un vostro allievo, frate Berengario da Verona, coordina gli inquisitori di quel regno.»

«Chiedo umilmente perdono, Santità, ma temo che qualcosa mi sfugga. Avete detto che Tommaso è morto a Fossanova, che non è nel regno di Sicilia, ma nei territori della Chiesa. Ci sono motivi che rendono necessario indagare nel regno?»

Non era normale, né ammissibile, che un semplice frate rivolgesse domande al papa, e anche il tono di Yves, nonostante la richiesta di perdono, era tutt'altro che umile. Ma quello non era un semplice frate, e i suoi interlocutori lo sapevano bene. Grazie a lui, Carlo d'Angiò aveva conquistato il suo regno, l'attuale re di Francia, Filippo l'Ardito, lo considerava come un padre ed era stato il maestro dei principali inquisitori domenicani in circolazione.

Il papa rispose senza manifestare alcuna irritazione. «Rimettiamo a voi la valutazione dei luoghi in cui indagare. Vi nomineremo inquisitore generale e il vostro mandato non sarà limitato da alcun confine.»

Gregorio fece una pausa, come valutando che cosa aggiungere, quindi continuò: «In ogni caso, non possiamo escludere che l'indagine vi porti nel regno di Sicilia... Vedete, c'è stata un'altra morte che ci ha colpito molto, prima di quella di frate Tommaso. L'ultimo imperatore latino di Costantinopoli, Baldovino di Courtenay, era in esilio nel regno dopo essere stato scacciato dai bizantini. Avrebbe dovuto prendere parte al Concilio, in uno spirito di riconciliazione con i greci, ma è morto nell'ottobre dello scorso anno. Lo abbiamo saputo solo a gennaio. Secondo quanto riferitoci, è stato vittima di un avvelenamento da cibo con altri sette signori, dopo una cena in Apulia. Abbiamo inoltre dovuto adoperarci al fine di assicurare l'incolumità degli inviati dell'imperatore bizantino Michele Paleologo, sbarcati in Sicilia per raggiungere Lione, chiedendo a Bernard d'Ayglier, abate di Montecassino, di recarsi personalmente ad accoglierli per scortarli fino al confine ed evitare che qualcuno li assalisse durante il percorso. L'arcivescovo di Palermo ha chiesto un salvacondotto per loro a re Carlo. Ci è infine giunta la notizia della morte di frate Tommaso, anche lui diretto a Lione... Immagino che comprendiate».

Yves annuì, pensieroso. Ricordava la visita al campo crociato davanti a Tunisi dell'inviato dell'imperatore bizantino, che egli aveva ricevuto nella qualità di legato papale. Si trattava proprio del generale Alessio Strategopulo, che aveva riconquistato Costantinopoli ponendo fine a quasi sessant'anni di dominio latino. Non era un mistero che Carlo mirasse a riconquistare quella città e che l'appoggio da lui fornito a Baldovino di Courtenay celasse la sua ambizione di ascendere personalmente al trono imperiale. Non poteva quindi vedere di buon occhio una pacificazione tra la Chiesa romana e quella greca in vista di un'offensiva comune per salvare Outremer.

Il frate si rivolse ai quattro: «Avete motivi per ritenere che la morte di Tommaso non sia stata dovuta a cause naturali?».

Fu Bonaventura a rispondere: «Non possiamo escludere che sia stato ucciso. Come spiegava sua Santità, la morte di Tommaso è avvenuta in un momento particolare, e sono stato io a pregarlo di affidarti l'indagine che ora ti chiedo di accettare. Conosco la tua decisione di abbandonare l'ufficio inquisitoriale e la rispetto, ma qui si tratta di condurre una sola, specifica inchiesta sulla morte di un uomo buono, devoto e amico di tutti noi, al di là delle divergenze teologiche. È inoltre una richiesta del Santo Padre, al quale tutti dobbiamo obbedienza».

Il richiamo all'obbedienza non lasciava alcuno spazio per un rifiuto. Appena mi hai udito, hai obbedito, era scritto.[4]

Yves ripeté la domanda a Bonaventura dandogli del tu, come aveva sempre fatto: «Perché pensi che sia stato ucciso?».

Il francescano arricciò le labbra, poi rispose: «Sensazioni di un vecchio. Non voglio condizionarti con congetture, lascio a te la libertà di prendere una decisione, e la accetterò. Sei perfettamente in grado di comprendere e gestire al meglio tutti gli aspetti di questa situazione... Sei forse l'unico che possa farlo».

«Le sensazioni dei vecchi non andrebbero mai sottovalutate» commentò Yves.

Intervenne il maestro dei domenicani, Giovanni da Vercelli: «La notizia ci è giunta con un messaggio di frate Reginaldo da

[4] Salmo 17,45.

Piperno, da tanti anni *socius* di Tommaso, che sicuramente hai conosciuto a Parigi. Ha riferito di una morte serena, accompagnata dai sacramenti e dalle preghiere sue e dei monaci di Fossanova».

Il cardinale domenicano Pierre de Tarentaise era rimasto in silenzio fino a quel momento. Fu lui a concludere, con il tono annoiato di chi pensava che quella riunione fosse durata anche troppo: «Partirai domani mattina dopo le laudi. Scenderai il Rodano in barca, da Lione fino ad Arles. Lì è pronta una nave che ti porterà a Terracina, l'approdo più vicino a Fossanova. Resterà lì a tua disposizione. La bolla con la quale il Santo Padre ti nomina inquisitore generale della pravità eretica è già pronta. Ti scorteranno il conte di Castres e dieci cavalieri. Non vogliamo che ti capiti qualche incidente. Porterai con te anche il frate che ti ha accompagnato da Morlaix. Dovrai essere di ritorno e riferire al Santo Padre l'esito dell'inchiesta prima della conclusione del Concilio, prevista per metà luglio. Hai solo due mesi e mezzo».

Pierre gli lanciò un'occhiata ironica e Yves colse il messaggio. L'ipotesi di un rifiuto non era stata nemmeno presa in considerazione. Era tutto già organizzato.

Il papa soggiunse: «Ovviamente cercherete di appurare anche le circostanze che hanno portato alla morte dell'imperatore Baldovino...».

Yves intuì le ragioni di tanta fretta. Se con la sua indiscussa autorevolezza avesse accertato la responsabilità di Carlo nella morte di Tommaso d'Aquino e di Baldovino di Courtenay, il papa avrebbe potuto destituire il re di Sicilia durante il Concilio, come era già accaduto proprio a Lione con l'imperatore Federico di Svevia, quasi trent'anni prima. Le ambizioni e l'assenza di scrupoli di Carlo lo stavano rendendo ingombrante sia per il papa che per i potenti protettori della Chiesa, francesi e aragonesi. La morte di Tommaso era quindi forse considerata dagli uomini che aveva di fronte, o almeno da alcuni di essi, come un'opportunità per eliminare il re una volta per tutte.

Al vecchio frate non restò che inchinarsi.

Uscendo dalla sala, ripensò alle parole di Pierre de Tarentaise e alla bolla che lo incaricava quale inquisitore generale della pravità eretica. Serviva solo per concedergli assoluta libertà di azione oppure qualcuno pensava che avrebbe dovuto confrontarsi con l'eresia?

2

Le sensazioni dei vecchi

Lione, castello di Pierre Scize, notte tra il 2 e il 3 maggio 1274

Dopo compieta, Yves era rimasto solo. Gli era stata assegnata una cella sulle mura perimetrali del castello, alla fine di un corridoio, spaziosa ma isolata. Era arredata in modo semplice: una branda, uno sgabello, un tavolino con sopra una candela, un cassone e una brocca d'acqua. Dalla feritoia si scorgevano le sagome nere delle colline e, sullo sfondo, il cielo stellato. In precedenza, doveva aver ospitato un corpo di guardia. Un gesto di cortesia nei suoi confronti, in un castello dove tutti gli spazi erano contesi dagli alti prelati giunti per il Concilio? Lo escluse. Si sedette sulla branda ad aspettare chi aveva fatto in modo che gli fosse assegnato quell'alloggio.

Non sapeva dove fossero stati sistemati Jean e Bernard. Da qualche parte in città, probabilmente. Tornato nel cortile dopo l'incontro con il papa, li aveva informati con aria mesta che era stato nominato inquisitore generale. Aveva aggiunto solo che all'alba sarebbero partiti in barca per Arles e che da lì avrebbero proseguito via mare, per una località a sud di Roma.

Jean se l'aspettava, ma Bernard, rosso in viso, non era riuscito a nascondere la sua agitazione. Giovanissimo frate in uno sperduto convento bretone, era improvvisamente diventato *socius* di un inquisitore generale in missione per conto del papa. A Morlaix, i fratelli dicevano che Yves le Breton era stato un uomo potente, inquisitore di Francia, maestro di teologia e confessore del re, ma il giovane stentava a riconoscerlo nel vecchio che si incamminava da solo verso l'oceano con passo malfermo. Vedendolo quella mattina, d'un tratto aveva compreso di essersi sbagliato. Era lui, e quell'atteggiamento mite ne accresceva l'autorevolezza. Se l'era di colpo immaginato così, mentre mandava sul rogo eretici *ad maiorem gloriam Dei.*

Yves sentì freddo e si avvicinò alla finestrella della feritoia per chiuderla, ma era rotta. Si avvolse meglio nella cappa e si coprì la testa. Nonostante la stanchezza del viaggio, non aveva sonno.

L'attesa fu breve. La porta si aprì cigolando e la candela illuminò una figura alta e ieratica. Yves si alzò dalla branda e le rivolse il saluto francescano.

«*Pax et bonum.*»

«*Pax et bonum.* Sapevo che mi avresti aspettato sveglio.»

«Scegli dove sederti.» Il domenicano gli indicò lo sgabello e la branda. Bonaventura da Bagnoregio li osservò e fece una smorfia. «Troppo bassi, preferisco restare in piedi.»

«Potevi far sistemare in questa cella una sedia più comoda.»

Il francescano sorrise. «Ci sarà al tuo ritorno.»

«Allora, che cosa vuoi da me e perché non hai lasciato che rifiutassi?»

«Non te la prendere, Yves... Mi sono chiesto spesso che cosa ti avesse relegato a Morlaix. Capisco che il disastro di Tunisi e la morte di re Luigi siano stati un duro colpo per te. Suppongo che tu abbia interpretato il fatto di essere sopravvissuto come una punizione divina, ma non è così. Se Dio ti ha mantenuto in vita, è perché ha ancora bisogno di te nella valle delle lacrime. Tu sei l'unico che può scoprire ciò che è accaduto a Tommaso.»

«Lo hanno ucciso?»

«Come ti ho detto prima, non voglio condizionare il tuo giudizio, ma è bene che tu abbia chiaro il contesto. Il Concilio che inizierà lunedì prossimo ha due obiettivi fondamentali: la riconciliazione tra la Chiesa romana e quella greca, e una nuova crociata per salvare ciò che resta di Outremer, ridotto ormai ad Acri, Tripoli, Tortosa[1] e qualche castello templare o ospitaliere. Gli attac-

[1] Oggi Tartous, in Siria.

chi del sultano d'Egitto Baybars sono stati devastanti. Come puoi immaginare, si tratta di obiettivi non facili da raggiungere, ma è paradossale che uno degli ostacoli principali sia rappresentato dal re di Sicilia, fratello di re Luigi e di Roberto d'Artois, morti entrambi sul campo della fede. Tu sai meglio di chiunque altro che Carlo ha conquistato il regno solo grazie all'appoggio della Chiesa e della Francia, ma ora l'ambizione lo acceca e vuole riconquistare Bisanzio per diventarne l'imperatore. Tu eri a Tunisi e hai visto quello che ha fatto per rallentare l'avanzata dell'esercito cristiano, arrivando solo il giorno in cui il re è morto.»

A Yves parve di risentire l'odore della morte nell'accampamento cristiano di Cartagine e rivide il volto di pietra di Carlo davanti alla salma del fratello.

Il francescano continuò: «Una riconciliazione tra la Chiesa di Roma e quella greca implicherebbe la pace con i bizantini. Per lui sarebbe la fine del sogno imperiale».

«C'è qualcosa che non mi è chiaro. Posso capire l'interesse a liberarsi di Baldovino di Courtenay, da tempo solo un fantoccio nelle sue mani, per impedirgli di venire qui a Lione a farsi convincere, in cambio di un pezzo di pane, ad accettare la riconciliazione tra le Chiese cristiane. Tolto di mezzo lui, Carlo può aspirare direttamente al trono imperiale. Ma perché Tommaso? Era inoffensivo, dedito solo agli studi teologici» osservò Yves.

«Sarai tu a doverlo scoprire. C'è comunque ancora qualcosa che devi sapere. Tommaso era stato convocato a Lione dal papa su mia richiesta. Come ti ha detto il pontefice, avrebbe dovuto tenere il sermone inaugurale di una delle sessioni conciliari e sarebbe stato successivamente nominato cardinale. La Chiesa aveva bisogno di lui...»

«Proprio tu dici questo? La Chiesa aveva bisogno di un domenicano? E di quel domenicano? Ho sentito dire che a Parigi alcuni dei tuoi più illustri e dotti confratelli lo accusano addirittura di eresia.»

«Se è per questo, lo accusano anche alcuni maestri domenicani, come Robert Kilwardby, l'arcivescovo di Canterbury giunto proprio oggi a Lione. Gli ultimi anni del nostro amico a Parigi sono stati, come dire... tumultuosi, ma io ero convinto che Tommaso, con la sua fede, la sua logica e la sua capacità di affrontare e risolvere con intelligenza e rigore ogni questione, sarebbe stato l'uomo giusto per portare la Chiesa fuori dalla nebbia in cui ogni certezza sembra smarrita.» Il cardinale iniziò a tossire.

«Volevi lui come papa?» chiese Yves, lasciando trapelare una nota di scetticismo.

«Avevo pensato a lui per impostare un nuovo cammino della Chiesa, improntato al rigore, all'umiltà e alla povertà voluti dai santi Francesco e Domenico. Aria nuova, Yves, che eviti scenari penosi come quello al quale per tre anni hanno dovuto assistere i cittadini di Viterbo e tutti i cristiani, prima dell'elezione di Gregorio.»

«Ho sempre immaginato che saresti stato tu il prossimo.»

«Sono in molti a crederlo, ma io avverto il peso degli anni e le forze mi stanno abbandonando. Non sto bene... Sento che il mio ritorno alla casa del Padre non è lontano. In ogni caso, la fine di Tommaso cambia tutto. Terrò duro e mi affiderò alla Provvidenza divina.»

«Chi era al corrente di ciò che mi hai appena detto?»

«Solo io e il papa.»

Detto questo, il francescano gli si avvicinò e lo abbracciò.

«*Pax et bonum*, fratello.»

L'inquisitore non rispose e Bonaventura aggiunse sottovoce: «Grazie».

Rimasto solo, Yves si sedette sulla branda a riflettere. Tanto, per quella notte, il sonno non sarebbe più arrivato.

Non passò molto e udì di nuovo bussare alla porta, rimasta socchiusa. Sull'uscio c'era Giovanni da Vercelli.

«Vieni.»

Il maestro entrò. Sembrava sorpreso di trovarlo sveglio.

«Non dormivi?»

«Ho freddo. Non ci riesco.»

«Innanzitutto lasciati abbracciare. Sono contento di rivederti.»

Senza attendere il permesso, si strinse al petto Yves, che restò rigido. L'ultima volta che si erano incontrati da soli risaliva a tre anni prima, quando Yves gli aveva comunicato la sua decisione di rinunciare all'ufficio di inquisitore di Francia. Non vi era stata alcuna obiezione da parte del maestro, che gli era parso addirittura sollevato e che da allora non si era fatto più vivo, neanche con una lettera.

Giovanni percepì la freddezza del confratello e disse: «Non è come pensi... Ho sofferto molto per la tua scelta di ritirarti in Bretagna. Non avevo ancora trovato il tempo... o forse il coraggio di scriverti, ma mi ripromettevo di passare a salutarti appena possibile. Non devi farti schiacciare dai sensi di colpa. Suggerire a re Luigi di puntare su Tunisi nella speranza di convertire l'emiro è stato un errore di tutto l'Ordine, non solo tuo».

Yves sapeva che, oltre a lui e a Umberto di Fondi, solo il Signore era a conoscenza delle vere ragioni per cui la crociata aveva puntato su Tunisi e preferì cambiare argomento, rivolgendogli una domanda diretta: «Che c'è, Giovanni?».

«Bonaventura è convinto che Tommaso sia stato ucciso. Non so che cosa glielo faccia pensare. Il messaggio che ho ricevuto da Reginaldo da Piperno non sembra dare adito a dubbi al riguardo. Mentre era in viaggio per Lione, nostro fratello ha battuto la testa contro un ramo lungo la strada tra Napoli e San Germano. Non aveva dato importanza alla cosa, ma quando le sue condizioni sono peggiorate si è fermato nel castello della nipote, a Magentia.[2] Lì deve aver percepito che la sua ora era vicina e ha voluto raggiungere una casa di Dio, a Fossanova, dove è spirato serenamente.»

«Se tutto è così chiaro, perché sei qui in piena notte, come un cospiratore?»

Giovanni rispose imbarazzato: «Ecco... Sono tempi difficili per l'Ordine, e persino l'opera di Tommaso stava generando incomprensioni nei nostri confronti».

«Per questo lo avete cacciato dall'Università di Parigi, due anni fa?»

«Non è stato cacciato, Yves. Il capitolo della provincia romana

[2] Maenza.

lo incaricò di fondare uno studio di teologia. C'ero anch'io quando fu deciso, nel convento di Santa Maria Novella a Firenze, a Pentecoste.[3] Tommaso scelse Napoli.»

«Fu lui a scegliere Napoli?»

«Formalmente la scelta spettava al capitolo, ma di fatto fu rimessa a lui.»

«Perché Napoli?»

«Non lo disse. Forse perché conosceva bene la città, dove era stato da novizio e aveva anche vissuto per un paio di anni durante il suo primo soggiorno nel regno, intorno al 1260. La conquista francese l'aveva resa sicura, mentre Roma era ancora lacerata dalle lotte tra le fazioni. Carlo d'Angiò, inoltre, sempre benevolo nei confronti del nostro Ordine, voleva rinnovare l'università fondata da Federico di Svevia. Proprio in quel periodo aveva scritto una lettera all'Università di Parigi, lacerata dagli scioperi, invitando tutti i maestri e gli studenti a trasferirsi a Napoli. Accolse con grande calore Tommaso, ricompensando il suo insegnamento con un'oncia d'oro al mese, puntualmente versata al priore del convento di San Domenico.»

«Carlo accolse Tommaso con calore?»

«Certo. Lo chiamava "dilettissimo amico".»

Yves era perplesso. Tutto ciò non sembrava conciliarsi con l'ipotesi che il re di Sicilia avesse fatto eliminare il domenicano. D'altra parte, l'inquisitore conosceva bene Carlo. Non avrebbe esitato a uccidere un fratello se lo avesse ritenuto utile per il conseguimento dei propri fini. Anzi, in un certo senso l'aveva già fatto.

«Non hai risposto alla mia domanda, Giovanni. Perché avete cacciato Tommaso da Parigi? La decisione del capitolo provinciale non è stato che un modo per coprire un esilio.»

Il maestro esitò, poi disse: «A Parigi sarebbe stato in pericolo».

«In pericolo?»

«Tommaso era un grande teologo, il migliore che il nostro Ordine abbia mai avuto. Le sue analitiche riflessioni, fondate sulle

[3] Era il 12 giugno 1272.

Scritture e sulla filosofia di Aristotele, sono state in alcuni casi talmente approfondite da far pensare a qualcuno che fosse stata varcata la soglia dell'eresia.»

«Chi lo pensava?»

«Be', tanto per indicarne alcuni, il vescovo di Parigi, Étienne Tempier, i maestri francescani come Giovanni Peckham e anche qualcuno dei nostri, come Robert Kilwardby. Il clima si era fatto pesante.»

«E voi che cosa avete fatto per difenderlo?»

«Lo abbiamo portato via da Parigi. Se ci fossi stato ancora tu come inquisitore, Tempier non avrebbe osato accusarlo, ma senza di te il rischio era grande... In definitiva, anche la partenza di Tommaso è stata una conseguenza della tua scelta di ritirarti a Morlaix. Ora, comunque, il Signore ti sta offrendo un'occasione. Da inquisitore generale, una volta rientrato dalla tua missione, potrai occuparti di Étienne Tempier, di Peckham e dello stesso Bonaventura.»

Gli occhi di Giovanni brillarono, ma non di amore verso i fratelli francescani.

«Dimentichi Kilwardby.»

«Lui è uno dei nostri, Yves. Dobbiamo restare uniti, ora più che mai. Come sai, qui a Lione, in coincidenza con il Concilio, si terrà anche il nostro capitolo generale, a partire dal 1° giugno. Devo quindi metterti in guardia e c'è qualcosa che devi sapere. Non c'è nulla di strano o di sospetto nella morte del nostro povero fratello Tommaso. Aveva ormai quasi cinquant'anni, era corpulento e sovrappeso. Tuttavia, negli ultimi mesi pare fosse cambiato. Gli era accaduto qualcosa di grave... e di malsano.»

«In che senso, malsano?»

«Si era ammalato, o forse gli studi che stava conducendo avevano sconvolto la sua mente. In ogni caso, lui che aveva scritto per una vita intera, più di chiunque altro, all'improvviso aveva deciso di non scrivere più nulla... Bonaventura ti sta inviando laggiù per fare in modo che sia proprio tu, un inquisitore domenicano, a gettare un'ombra sulla sua opera e sul nostro Ordine. Devi stare molto attento, Yves. Questa missione può essere una trappola.»

«Qual era l'argomento dei suoi ultimi studi?»

Il maestro generale esitò ancora, poi ridusse la voce a un sussurro, come temendo che qualcuno potesse sentirlo. «Le sostanze separate... I diavoli.»

All'alba, nei pressi del molo sul fiume Saône

Il fiume era ancora avvolto nella nebbia e Pierre de Tarentaise lo stava aspettando da solo, il capo scoperto nonostante l'umidità. Jean, Bernard e i cavalieri della scorta erano già a bordo della barca che li avrebbe portati alla confluenza dei fiumi Saône e Rodano e poi al mare. Yves non aveva chiuso occhio tutta la notte e sentiva i piedi gelati. Si avvicinò al confratello.

«*Pax tecum*, Pierre. Sei venuto a controllare che partissi sul serio?»

«Sono venuto ad augurarti buon viaggio. So che hai parlato con Giovanni e con Bonaventura.»

Yves non gli chiese come facesse a saperlo. In qualità di arcivescovo di Lione, Tarentaise era il padrone di casa e le visite notturne nella cella dell'inquisitore non potevano essere sfuggite ai suoi uomini.

«Tu che ne pensi?»

«Conosci Giovanni. È un ansioso. Vede complotti ovunque, ma tu saprai certamente discernere il grano dalla paglia.»

«Mi ha detto che negli ultimi tempi Tommaso era cambiato e che gli era accaduto qualcosa di malsano.»

Il cardinale fece una smorfia. «Tommaso era un fratello dallo straordinario vigore intellettuale, di cui era ben consapevole. L'orgoglio era forse il suo unico peccato. Grazie all'utilizzo della filosofia di Aristotele, aveva l'aspirazione di arrivare a Dio attraverso la ragione, oltre che attraverso la fede. Diceva che la ragione ci viene da Dio, per cui la nostra mente, pur con tutti i suoi limiti, ha la possibilità di funzionare come la mente di Dio, o almeno con la sua stessa logica. La ricerca di risposte razionali a innumerevoli questioni lo ha quindi spinto lontano, forse troppo. Posso dirlo, perché a me è accaduto lo stesso. Dieci anni fa, come ricorderai, Giovanni da Vercelli era appena diventato maestro del nostro Ordine e gli denunciarono centootto proposizioni estratte dai primi due libri del mio commento alle *Sentenze* di Pietro Lombardo. Con te inquisitore di Francia, non poteva accadere nulla, ma per pavidità Giovanni volle rimuovermi dalla cattedra di teologia a Parigi. Fui così eletto provinciale di Francia e lo restai per tre anni. Solo grazie a un parere favorevole reso da Tommaso a Giovanni, la famosa *Dichiarazione sui 108 dubbi*, riottenni la cattedra, che lasciai proprio a Tommaso cinque anni fa.»

«Quali erano i temi sui quali Tommaso si sarebbe spinto troppo oltre?»

«I due più controversi riguardavano l'eternità dell'universo e l'unicità della forma sostanziale. All'apparenza argomenti sottili, lontani dalla realtà quotidiana, incomprensibili alla maggior parte degli uomini, ma sappiamo che entrambi pongono questioni fondamentali. L'universo è eterno? Se lo fosse, Dio non potrebbe averlo creato, perché il creatore deve preesistere al creato. Quindi Dio non sarebbe stato necessario, e ciò è eretico. Immagino che tu abbia fatto bruciare gente per molto meno.»

Yves restò impassibile e Pierre proseguì: «Tommaso aveva affrontato la questione nella prima parte della sua *Somma teologica*. Per Bonaventura e i francescani, un universo eterno sarebbe impossibile, perché Dio lo ha creato e solo Lui è eterno. Tommaso, invece, era arrivato alla conclusione che non ci fosse modo di dimostrare razionalmente che l'universo non è eterno e in un'opera scritta nell'ultimo periodo di Parigi, dopo che tu eri... diciamo tornato a Morlaix, intitolata *De aeternitate mundi*, ha sostenuto che l'universo sarebbe stato creato da Dio dall'eternità, cioè coesisterebbe a Dio, come una fiamma che produce calore nel momento stesso in cui si accende. Una conclusione del genere cela evidentemente la convinzione che l'universo sia eterno... come Dio. Ti rendi conto delle implicazioni di un simile ragionamento?».

«In questo modo, finiva per negare la creazione come atto volontario di Dio» commentò Yves. «Per volere l'universo, Dio deve essere esistito prima di esso. Se l'universo è simultaneo a Dio, come il calore con il fuoco, Dio non può averlo voluto.»

«Tommaso sosteneva invece che non è necessario che la volontà preceda nel tempo il suo effetto» aggiunse il cardinale, «ma ciò non è logico ed egli lo sapeva benissimo. Alla fine, è rimasto prigioniero della sua stessa ragione.»

Yves era pensieroso. Volse lo sguardo al fiume, dove la nebbia si stava diradando, poi all'imbarcazione con gli uomini a bordo. Era tutto pronto, ma nessuno osava avvicinarsi ai due domenicani.

Pierre proseguì: «C'era poi un altro tema, ancora più scottante, quello dell'unicità della forma sostanziale. Come sai, Agostino diceva che l'essere umano è un'anima razionale che si serve di un corpo mortale e terreno.[4] Da qui, la diffusa considerazione che il corpo sia qualcosa di peccaminoso e inferiore, il carcere dell'anima, come sosteneva Origene. L'elemento corporeo non può tuttavia essere puramente negativo, perché sappiamo che anche la carne è destinata alla resurrezione e il corpo è il veicolo attraverso il quale riceviamo i sacramenti. Tommaso, utilizzando come sempre la filosofia di Aristotele, ha cercato di restituire al corpo la centralità che le Scritture gli assegnano. Diceva che l'unione di anima e corpo è naturale e sostanziale, non accidentale. La natura dell'anima non è quindi perfetta se non è congiunta al corpo. L'essere umano è dunque una forma sostanziale unica, fatta di anima e corpo. L'anima umana è anche sussistente, cioè capace di esistere indipendentemente dal corpo. In altri termini, l'anima può esistere senza il corpo, ma il corpo non può esistere senza l'anima».

«E l'anima secondo lui era una sola...»

«Già. I maestri francescani di Parigi, seguendo Agostino, ritenevano invece che le forme dell'uomo fossero diverse. Pensa che Riccardo di Mediavilla ha individuato addirittura sei forme sostanziali nell'essere umano. L'esigenza sottesa a questa moltiplicazione è chiaramente quella di conservare l'identità di un soggetto nonostante le trasformazioni del corpo e la stessa morte. La morte determina la cessazione delle operazioni vitali del corpo, ma

[4] *De moribus ecclesiae*, I, 27, 52.

esso rimane di quel singolo individuo e perciò lo onoriamo con liturgie, funerali e sepoltura in terra consacrata, o lo condanniamo, seppellendolo in terra sconsacrata. Resta cioè un filo di identità che collega il corpo a un individuo anche dopo la morte. Se sosteniamo invece la tesi di Tommaso, un corpo senza anima è solo un pezzo di carne inerte, un cadavere non distinguibile da un altro. Parlo a un inquisitore. Le implicazioni eretiche di questa tesi sono evidenti.»

Yves taceva. Quelle parole lo riportavano a una notte di tanti anni prima, sul Monte degli Ulivi.

Il cardinale continuò: «Come si può affermare la resurrezione di Cristo, se con la morte sulla croce il corpo aveva perso la sua forma sostanziale, la sua identità? Dopo la morte non potrebbe essere stato il corpo di Cristo a risorgere. Tommaso si rese ovviamente conto dell'insidia celata nella sua tesi, ma non era tipo da rinunciarvi. Sostenne quindi che in Cristo si fondono in un unico individuo due nature, quella umana e quella divina. È il Verbo che si è fatto carne. Con la morte poteva perdere la natura umana, ma non quella divina ed è questa che garantisce l'identità del corpo di Cristo sulla croce e nella tomba. Egli quindi fa eccezione, altrimenti non sarebbe Cristo. È evidente che si tratta di un modo per spostare la questione, un po' come ha fatto sostenendo che la volontà creatrice può essere coeva all'effetto per spiegare l'eternità del mondo».

Yves comprese che il loro fratello defunto non aveva esitato a confrontarsi con questioni che dovevano aver messo a dura prova la sua logica. Una di esse, peraltro, se l'era trovata di fronte proprio lui, tanti anni prima. All'epoca aveva intuito che solo la forza mistica della fede avrebbe potuto salvarlo dalla follia. Tommaso, invece, non aveva rinunciato allo sforzo analitico e forse, come diceva Pierre de Tarentaise, era rimasto intrappolato nella sua stessa ragione. Chissà cosa stava meditando sui diavoli, nell'ultimo periodo della sua vita. Chiese quindi al cardinale: «Tutto ciò potrebbe essere in qualche modo collegato con la sua morte?».

«È una domanda difficile.»

«Le domande non sono mai difficili, Pierre. Talvolta sono difficili le risposte.»

L'altro sorrise. «Hai ragione» disse poi. «Non lo so... non credo. Le notizie che abbiamo ricevuto da Reginaldo fanno pensare a una morte naturale. Certo, alla fine la sua mente potrebbe aver raggiunto un punto di rottura. A quanto pare, negli ultimi tempi aveva smesso di scrivere e di dettare, il che non era da lui. Sarai tu comunque a scoprirlo.»

«Pensi che sia una trappola di Bonaventura, come dice Giovanni?»

«Francamente non lo credo. Al di là delle divergenze dottrinarie, Bonaventura era molto amico di Tommaso e mi dicono che sia rimasto colpito dalla sua scomparsa. Del resto, se qualcuno volesse servirsi proprio di te per tendere una trappola al nostro Ordine, scoprirebbe di aver miseramente sbagliato i suoi conti. *Dominus tecum*, Yves.»

3

Fossanova

Abbazia di Fossanova, 20 maggio 1274, tardo pomeriggio

Il sole al tramonto colorava di rosa le pietre dell'abbazia, creando un singolare contrasto con le nuvole nere che si addensavano sulle colline dell'entroterra.

Il gruppo di cavalieri era appena uscito da un bosco di querce. Yves e Jean procedevano in testa. Subito dietro, Bernard e gli uomini della scorta, sei francesi e quattro italiani.

Fossanova era un piccolo villaggio di grandi edifici in muratura, non una fortezza come Montecassino. Il sentiero conduceva a un arco che si apriva nel muro di cinta. Davanti al portone spalancato, si scorgevano due monaci dalla tonaca bianca e lo scapolare nero. Cistercensi. Qualcuno doveva averli avvisati del loro arrivo.

«Un luogo che avvicina a Dio soltanto a guardarlo!» esclamò Bernard.

Gli rispose Jean, senza voltarsi: «Già. Speriamo stavolta di non avvicinarci troppo».

«In che senso?» chiese il giovane, perplesso.

«Nulla... Mi torna in mente un'altra abbazia, che il *magister* e io abbiamo visitato una decina di anni fa, in cui siamo stati sul punto di raggiungere Dio.»

Yves gli lanciò uno sguardo torvo e spronò il mulo verso l'ingresso.

Erano sbarcati nel primo pomeriggio a Terracina dalla *Santa*

Maria, un mercantile genovese utilizzato per il commercio delle cipolle tra la Francia del sud e Napoli, noleggiato per l'occasione dagli emissari del papa.

Il comandante, Martino Buonfiglio, più largo che alto, conosceva bene il suo mestiere e non faceva domande. Gli era stato detto che avrebbe dovuto trasportare un paio di frati e una decina di cavalieri a sud di Roma, restando a loro disposizione, e questo era bastato. Solo quando Jean gli aveva comunicato che la destinazione sarebbe stata Terracina aveva fatto una smorfia, spiegando che il porto era stretto e affollato di pescherecci. Aveva quindi suggerito di approdare più a sud, a Gaeta, ma il conte aveva ribadito che sarebbero sbarcati a Terracina. Se non ci fosse stato spazio nel porto, lo avrebbe trovato lui. Il genovese non aveva più replicato.

La navigazione era durata solo quattro giorni, grazie a un poderoso vento di maestrale che Bernard aveva subito interpretato come un segnale della Provvidenza divina.

Terracina era un borgo di pescatori sulle pendici di una montagna come lacerata da una mano gigantesca, che all'estremità sul mare le aveva strappato una parte lasciandole soltanto uno spuntone di roccia. Sulla cima, si scorgevano gli archi di un antico tempio romano. Il porto era effettivamente piccolo, ma i pescherecci non erano ancora rientrati e la nave era riuscita ad attraccare.

La vista di uomini armati a bordo aveva allontanato i curiosi, ma due vecchi non avevano avuto timore a raccogliere le cime lanciate dall'equipaggio e a fissarle al molo. Erano stati loro a fornire al comandante le informazioni per raggiungere Fossanova, distante una decina di miglia.[1]

I due cistercensi all'ingresso dell'abbazia si inchinarono a Yves. Il domenicano smontò dal mulo aiutato da Bernard, che poi gli consegnò la bolla con il sigillo papale custodita con cura durante il viaggio.

[1] Il miglio utilizzato nell'Italia medievale era ancora quello romano, pari a circa un chilometro e mezzo.

Il monaco più anziano dimostrava circa cinquant'anni e aveva il volto bruciato dal sole e scolpito da rughe che incorniciavano occhi di ghiaccio. L'altro era più giovane, sulla trentina, alto e magro, leggermente curvo, la barba nera.

L'inquisitore fece a sua volta un inchino e disse: «*Pax vobiscum, fratres*».

Il monaco dagli occhi chiari rispose: «*Et cum spiritu vestro*. Sono Giacomo da Ferentino, priore dell'abbazia, e vi porgo il nostro fraterno benvenuto».

«Yves le Breton, inquisitore generale designato dal Santo Padre.»

Sollevò la bolla pontificia quel tanto che bastava a mostrare il sigillo. Il monaco più giovane impallidì, ma Giacomo rimase imperturbabile e s'inchinò di nuovo.

«È un onore conoscervi, *magister*. Ho sentito molto parlare di voi.»

Il suo tono non implicava che ne avesse sentito parlare bene, ma il domenicano non commentò e indicò i suoi accompagnatori. «Questi sono Jean de Montfort, conte di Castres, assegnatomi come scorta con i suoi nobili cavalieri, e frate Bernard de Guyonne.»

Il priore accennò all'altro cistercense. «Frate Pietro di Castro Monte San Giovanni. Il nostro reverendo abate, Teobaldo da Ceccano, è partito per il Concilio e tocca a me accogliervi a suo nome. Condivideremo con voi tutto ciò che abbiamo. Dove siete diretti?»

Yves pensò che i cistercensi lo avessero già capito e rispose: «Proprio qui».

«Per frate Tommaso?»

Il domenicano annuì e, guardando l'ingresso dell'abbazia, chiese: «Dove possiamo parlare?».

«Vi prego di seguirmi.»

Entrarono in un ampio cortile delimitato da due edifici. Il priore indicò il più grande, proprio di fronte a loro. «La foresteria, dove potrete alloggiare.» Quindi spostò la mano verso l'altro a destra, con un porticato di legno. «L'infermeria dei pellegrini, dietro c'è quella principale.» Un fulmine e un tuono annunciarono il temporale.

Due giovani conversi accorsero e frate Giacomo disse: «Nicola e Giovanni accompagneranno i cavalieri alle stalle. Potrete poi sistemarvi. Nella foresteria abbiamo anche un refettorio. Farò preparare subito qualcosa da mangiare. Proprio oggi abbiamo macellato due pecore e il vino delle nostre colline è ottimo».

«Vi ringrazio» rispose Yves. «Mentre i cavalieri si rifocillano, vorrei recarmi subito a pregare sulla tomba di nostro fratello.» Quindi si rivolse a Jean: «Tu e Bernard verrete con me».

Il conte annuì senza entusiasmo. Yves sapeva che avrebbe preferito gustare la carne alla brace e un boccale di vino, ma voleva che desse subito un'occhiata all'abbazia. A Montecassino, la sua capacità di orientamento aveva salvato la vita a entrambi. Bernard era invece eccitato, anche se cercava di non darlo a vedere, sforzandosi di assumere l'aria grave che riteneva consona al *socius* di un inquisitore generale in missione.

Mentre i cavalieri e i conversi portavano via gli animali, il priore disse a frate Pietro, sempre più a disagio: «Vai al refettorio e occupati di far preparare carne, pane e vino».

Il monaco se ne andò via veloce e Yves scambiò uno sguardo d'intesa con Jean. Giacomo aveva voluto allontanare il confratello un po' troppo nervoso.

Il priore e i tre ospiti attraversarono la foresteria e uscirono in un vasto spiazzo occupato da alberi da frutto.

Giacomo indicò gli edifici sulla destra. «Il refettorio e il dormitorio dei conversi. Come sapete, noi cistercensi cerchiamo di evitare ciò che accade nelle ricche abbazie benedettine, dove i monaci ormai disdegnano i lavori più umili, allontanandosi così dalla Regola. Tentiamo quindi di provvedere a tutto da soli con l'aiuto dei conversi, che per grazia di Dio non mancano. Quella in fondo a destra è la chiesa principale, mentre qui a sinistra vedete la cappella dei pellegrini e l'ospizio. Frate Tommaso è sepolto laggiù, nella chiesa.»

Grosse gocce di pioggia iniziarono a cadere e i quattro accelerarono il passo verso la chiesa. Era in pietra chiara, a tre navate, semplice e nello stesso tempo maestosa, con un grande rosone circolare sulla facciata. Il portale era decorato da archi a sesto acuto concentrici, sorretti da sottili colonne, tre per lato, sovrastate da un rilievo che richiamava il disegno del rosone.

Entrarono mentre il temporale scatenava tutta la sua potenza con fulmini, tuoni e pioggia battente.

L'interno era nudo e spazioso. I cistercensi avevano bandito dalle loro chiese oro, argento, pitture, vetrate, tappeti e sete, ritenute superfluità che impedivano la concentrazione nella preghiera. Nonostante i rosoni anteriori e posteriori e le grandi finestre, il cielo nero di nubi faceva sì che l'ambiente fosse avvolto nella penombra.

Il priore si diresse verso il transetto che incrociava la navata principale e si fermò davanti all'altare, esattamente al centro della croce ideale descritta dalla pianta dell'edificio.

«Fu qui che venne a rendere grazia, appena giunto, ed è qui che lo abbiamo sepolto.»

Si segnarono. Yves abbassò il capo e recitò a fior di labbra: «*Requiem aeternam dona ei, Domine...*». Un tuono soffocò la sua voce.

«Era un uomo di profonda fede e sapienza» aggiunse Giacomo, «ma aveva anche l'umiltà dei grandi... È stato un dono di Dio averlo avuto tra noi e aver condiviso con lui i suoi ultimi giorni prima del ritorno alla casa del Padre.»

L'inquisitore rimase immobile, il capo chino. Il silenzio durò a lungo, rotto solo dai tuoni, poi, scandendo bene le parole, Giacomo disse: «Non potete portarlo via».

Yves sollevò la testa e negli occhi dell'altro lesse la sfida. Il priore continuò: «Prima di partire, frate Reginaldo, del vostro Ordine, ha firmato un atto con il quale lo lasciava in custodia all'abbazia. L'abate, come vi ho detto, è a Lione e fino al suo ritorno non è possibile fare nulla».

«Non siamo venuti per portarlo via» replicò con calma il domenicano.

Il priore parve stupito. «E perché siete qui, allora? E con degli uomini armati?»

«Per sapere che cosa gli è accaduto.»

Giacomo guardò la pietra del pavimento, come riflettendo, e

disse: «Venite. Ci vorrà del tempo, conviene sedersi. Siete sicuri di non voler mangiare qualcosa?».

Yves rispose prima che potesse farlo Jean: «Sicuri».

«Come preferite.»

Il priore fece cenno di seguirlo. Attraverso una porta sul lato destro della chiesa rispetto all'ingresso uscirono nel porticato del chiostro. Yves respirò a pieni polmoni l'aria profumata di pioggia che gli ricordò la Bretagna. Era trascorso appena un mese, ma gli pareva che Morlaix appartenesse a una vita passata. Aveva ripreso la caccia, come un vecchio lupo tornato sulle montagne dopo un periodo in cattività. Sperò tuttavia che questa volta l'esperienza del passato e le preghiere sulle rive dell'oceano lo aiutassero a riconoscere subito le insidie del maligno.

Frate Giacomo li condusse nella sala capitolare, anche quella vuota. In effetti, l'abbazia sembrava deserta.

«Vi chiedo scusa per l'ora, ma purtroppo non abbiamo molto tempo» disse Yves.

Il monaco, accendendo con un acciarino due candele su un tavolo di quercia, replicò: «Abbiamo già celebrato i vespri e siamo ormai a compieta. Sono a vostra disposizione». Indicò le sedie e prese posto su una panca di pietra addossata alla parete, quindi chiese: «Da dove devo cominciare?».

Se c'era ironia nel suo tono, Yves non la colse e rispose, serissimo: «Dal principio».

«Agli inizi di febbraio, non ricordo il giorno preciso, l'abate fu avvisato che al castello di Magentia era giunto frate Tommaso, in transito verso Lione per partecipare al Concilio. Non stava bene e si sarebbe fermato lì per qualche giorno. Il castello è a sole sei miglia da qui, così io e altri tre confratelli, Pietro di Castro Monte San Giovanni, che avete già conosciuto, Giovanni da Piedimonte e frate Fedele, siamo andati a trovarlo e siamo rimasti lì quattro o cinque giorni.»

«Conoscevate Tommaso?»

«Sì, lo avevo incontrato a Orvieto, una decina di anni fa.»

«Come lo avete trovato a Magentia? Era cambiato?»

«Dieci anni passano per tutti. Rispetto al nostro ultimo incontro era invecchiato, un po' dimagrito e ormai quasi calvo. Sapevamo che si era fermato a Magentia perché non stava bene, e in effetti ci apparve subito molto stanco e affaticato. Era distratto, assorto nella preghiera, parlava con difficoltà e non aveva appetito.»

«A chi appartiene quel castello?»

«Al conte di Ceccano, Annibale, in esilio nei territori della Chiesa per contrasti con re Carlo. Sua moglie Francesca era nipote di Tommaso, figlia del fratello Filippo.»

«Il conte è parente di Umberto di Fondi, il bandito, già siniscalco di Manfredi?» Yves ricordava ancora ogni parola del suo incontro con Umberto, in quella notte di quasi venticinque anni prima. Gli aveva detto di essere figlio di Angela, dei conti di Ceccano.

Il priore rispose: «Questo non so dirvelo. Potrebbe saperlo l'abate, che appartiene alla stessa famiglia».

«Chi accompagnava Tommaso?»

«Due frati del vostro Ordine: il suo *socius*, Reginaldo da Piperno, e Giacomo da Salerno, il quale svolgeva le funzioni di un *famulus*.»[2]

«Ricordaste a Tommaso il vostro precedente incontro a Orvieto?»

«Sì, certo, ma lui non sembrò averne memoria.»

Yves annuì. Tommaso era sempre un po' distratto rispetto alle cose che non lo interessavano e poteva benissimo non ricordare l'incontro di dieci anni prima con un monaco cistercense.

«Ora che mi ci fate pensare» soggiunse Giacomo, «al castello Reginaldo da Piperno mi rivolse una strana richiesta. Una sera mi prese da parte e sottovoce mi pregò di chiedere al *magister* che cosa gli era accaduto quando aveva ricevuto il magistero di teologia a Parigi, oltre venti anni fa. Lo assecondai.»

«E Tommaso ve lo raccontò?»

«Sì. Ci disse che, quando il priore del convento di San Giacomo lo informò che era stato investito dell'incarico di *cancellarius Parisiensis*[3] e che avrebbe dovuto quindi preparare la prolusione da

[2] Famiglio, che si occupava dell'assistenza materiale e domestica.
[3] Docente all'Università di Parigi.

tenere nel ricevere il magistero in teologia, egli si sentì inadeguato all'incarico per la giovane età. Non sapendo cosa fare, iniziò a pregare davanti all'altare. Lì si addormentò e gli apparve in sogno un frate predicatore, vecchio e canuto, il quale gli chiese: "Che pensi, frate Tommaso?". Egli rispose: "Mi è stato dato mandato di prepararmi a essere ricevuto nel convento e sto pensando a che cosa dire". "Parla di questo e non di altro: 'Dalle tue alte dimore irrighi i monti, la terra sarà saziata dal frutto delle tue opere'" replicò il vecchio.[4] Quello fu quindi l'argomento del suo sermone, che rimase famoso. Ricordo che mentre lo raccontava era commosso e aveva gli occhi lucidi, come quando diceva messa.»

L'inquisitore conosceva l'episodio e commentò: «A Parigi si diceva che il vecchio frate fosse san Domenico... Tommaso piangeva quando diceva messa?».

«Sì, sempre. Finché le forze glielo hanno consentito, celebrava ogni giorno messa, commuovendosi, e ne ascoltava un'altra con devozione.»

«Mmm... Vi siete mai domandato perché Reginaldo vi avesse rivolto quella richiesta?»

«Forse aveva dubbi sulla memoria del suo maestro e voleva metterla alla prova, ma non osava farlo direttamente. Frate Tommaso, comunque, non stava bene. Anche in quella occasione si espresse con una certa difficoltà e non c'era verso di farlo mangiare, nemmeno quando per miracolo si trovarono le aringhe, di cui era sempre stato ghiotto.»

«Le aringhe?»

Il priore sorrise per la prima volta dal loro arrivo. «Proprio così, *magister*. Eravamo da un paio di giorni al castello, quando frate Reginaldo, vedendolo infermo e debilitato, gli chiese che cosa avrebbe voluto mangiare. Egli replicò, forse scherzando: "Pensi che si trovino aringhe fresche alla parigina?". Al che l'altro rispose: "In Francia o in Inghilterra, ma non certo qui". Reginaldo andò comunque a cercare del pesce con uno dei servi del castello. Incontrarono un pescatore di Terracina, Bordonaro, e

[4] Salmo 103,13.

Reginaldo gli domandò che pesci avesse. Quello rispose che aveva delle sarde ma, quando andò a controllare le ceste, scoprì con sorpresa di averne una piena di aringhe fresche. Così Reginaldo tornò al castello con la cesta di aringhe e tutti ci meravigliammo, perché da queste parti non se ne sono mai pescate. Reginaldo corse subito da frate Tommaso e gli disse: "Dio ha voluto accontentarvi. Avrete ciò che desiderate, perché ho trovato le aringhe!". Il *magister* chiese, anch'egli stupito: "Da dove sono venute e chi le ha portate qui?". Reginaldo gli rispose: "Dio ve le ha mandate!".»

«Avete assistito di persona a tutto ciò?»

«Ho sentito con le mie orecchie le parole che vi ho riferito e ho anche mangiato le aringhe, bollite in brodo e fritte.»

«Chi altri le ha mangiate?»

«Tutti. Noi, frate Tommaso, i predicatori che lo accompagnavano, la contessa Francesca e il conte Annibale.»

«Voi avevate mai visto prima delle aringhe?»

«Le avevo viste salate, presso la curia, ma mai fresche.»

«Come fate, allora, a dire che erano aringhe?»

«È stato frate Reginaldo a riconoscerle.»

«Il pescatore come ha spiegato la presenza di una cesta di aringhe tra i suoi pesci?»

«Ho parlato in seguito con Bordonaro. Ancora oggi è convinto di aver portato solo sarde da Terracina ed è il primo a stupirsi che ci fossero delle aringhe.»

Yves comprese che il priore aveva interrogato il pescatore perché aveva dei dubbi e osservò: «Sappiamo tutti che le aringhe non vengono pescate in questo mare, ma nell'oceano. Ci sono quindi solo due spiegazioni. La prima è che un miracolo abbia trasformato le sarde in aringhe. La seconda è che i pesci che avete mangiato fossero in realtà sarde e che il buon Reginaldo, per indurre Tommaso a mangiarne, gli abbia detto che si trattava di aringhe, cercando di farle cucinare alla parigina...». Aggiunse dentro di sé: "In ogni caso, tutti le avete mangiate e nessuno si è sentito male".

Giacomo preferì cambiare argomento. «Comunque le condizioni di frate Tommaso non migliorarono, e quattro giorni dopo il nostro arrivo chiese di lasciare il castello e di venire qui.»

«Fu lui a chiederlo?»

«Sì, disse che, se il Signore avesse voluto fargli visita, sarebbe stato meglio farsi trovare in una casa di religiosi che in una di laici. Così lo mettemmo sul suo mulo e venimmo a Fossanova. Appena arrivato, recitò il salmo: "Questo sarà il mio riposo per sempre, qui abiterò, perché l'ho scelto".»[5]

«Dove lo sistemaste?»

«L'abate gli cedette la sua stanza. Furono giorni che nessuno dimenticherà. La sua salute iniziò a peggiorare ed egli sopportò con pazienza la malattia, accogliendo devotamente i sacramenti e commuovendosi fino alle lacrime ogni volta che riceveva il Corpo di Cristo. Quando si comunicò per l'ultima volta, la sua stanza e quella adiacente erano affollate dai nostri monaci e da frati domenicani e francescani accorsi dai conventi più vicini. Io ero accanto a lui e le sue nobili parole resteranno per sempre scolpite nella mia mente: "Di questo santissimo Corpo e degli altri sacramenti ho insegnato e scritto molte cose, nella fede di Cristo e della Santa Romana Chiesa, alla cui correzione le sottopongo tutte". Ricevette quindi il Corpo di Cristo e la mattina del terzo giorno si addormentò nel Signore. Eravamo in Quaresima, il 7 marzo. Frate Reginaldo ci disse che aveva compiuto da poco quarantanove anni.»

Il priore tacque. Doveva essere un uomo duro, ma sembrava commosso anche lui. Il silenzio scese nella sala. Non si sentivano più tuoni, né scrosci di pioggia.

Yves rifletteva. Il Tommaso che aveva sentito descrivere era diverso da quello che aveva conosciuto. Troppe lacrime, innanzitutto. Inoltre il confratello era colto, orgoglioso, talvolta addirittura sprezzante verso i suoi avversari teologici. Nemmeno in punto di morte avrebbe sottoposto il suo imponente lavoro alla correzione della Chiesa. A quella di Dio, certamente, ma non alla Chiesa. Era possibile che fosse tutto dovuto alla consapevolezza della fine imminente? No. Tommaso sarebbe andato incontro a

[5] Salmo 132,14.

Dio con gioia e persino curiosità, ma non con tutta quella effusione di lacrime e pensando alle correzioni della sua opera da parte della Chiesa. Non era da lui. Gli tornarono alla mente le parole di Giovanni da Vercelli e di Pierre de Tarentaise. Forse davvero lo avevano spezzato. L'inquisitore sentì riaffiorare nel suo animo la rabbia fredda e peccaminosa di un tempo, che a Morlaix aveva tentato in tutti i modi di allontanare. Cercò di ricacciarla indietro, ma la domanda successiva suonò come una staffilata.

«E poi?»

«Le esequie si tennero due giorni dopo e vi presero parte l'abate, i monaci dell'abbazia, il vescovo francescano di Terracina e molti domenicani e francescani dei conventi della zona. Reginaldo tenne l'orazione funebre. Disse che era stato per tanto tempo confessore di frate Tommaso e che la sua ultima confessione avrebbe potuto essere quella di un bambino di cinque anni, perché la sua carne non era mai stata corrotta. Lo seppellimmo in chiesa e Reginaldo partì il giorno stesso, lasciando il corpo all'abate a nome del vostro Ordine.»

Il tono di Yves tornò cortese. «Alle esequie parteciparono superiori del mio Ordine?»

«No. Come vi ho detto, alcuni frati predicatori giunsero dai conventi più vicini, Anagni e Gaeta.»

«Venne qualcuno da Napoli?»

«No.»

«Vi ringrazio. Credo che per questa sera possa bastare. Domani, se è possibile, avrei piacere di pregare nei luoghi dove nostro fratello Tommaso ha trascorso i suoi ultimi giorni.»

«Certo, vi accompagnerò io stesso e sarò anche onorato di mostrarvi tutta l'abbazia. Intanto, se non volete digiunare, è forse il caso di raggiungere la cucina.»

Si alzarono e uscirono dalla sala capitolare. Il temporale era cessato. Mentre percorrevano il porticato del chiostro, il priore affiancò Yves e disse: «Credo di aver intuito il motivo della vostra visita».

«Se lo avete intuito, c'è altro che dovete dirmi?»

«No, *magister*. Solo che era già malato a Magentia. Noi ci siamo presi cura di lui, prima e dopo la sua morte.»

Più tardi, quella notte

Yves aveva declinato l'invito del priore a partecipare alle *vigiliae*, assicurandogli che sarebbe stato presente con Bernard alle laudi. Occupava una delle poche celle singole al primo piano della foresteria, con una finestra che affacciava sullo spiazzo della chiesa principale.

Si era appena disteso sulla branda, quando qualcuno bussò alla porta. Pensò che in tutta quella storia non gli fosse consentito dormire.

«*Magister?*»

Riconobbe la voce di Jean de Montfort e rispose senza alzarsi: «Vieni».

Il conte entrò e parlò a bassa voce: «Scusatemi, sapevo che non stavate dormendo e ho preferito informarvi subito, prima che vediate i monaci alle laudi».

«Che succede?»

«Avete già conosciuto Ruggero di San Floro, uno dei miei cavalieri. Questa sera, nel ricoverare i cavalli e i muli nelle stalle, ha scambiato alcune parole con uno dei conversi, originario anche lui del *Brutium*. Tra quella gente si crea sempre una forte solidarietà, quando si incontra al di fuori della propria terra. Parlando, al converso è scappato detto che il mulo di frate Tommaso è morto dopo aver reso omaggio alla salma del suo padrone e che quel giorno anche il cane dell'abate ha fatto la stessa fine.»

«Come poteva un mulo rendere omaggio alla salma o anche solo raggiungere la stanza dove giaceva?»

«I monaci avevano trasportato il corpo all'ingresso secondario dell'abbazia, vicino alle stalle, per mostrarlo alla nipote di frate Tommaso, la contessa di Ceccano, che essendo donna non poteva entrare nel perimetro del monastero. Il mulo è uscito dalla stalla, si è avvicinato al corpo e poco dopo è morto.»

«E il cane?»

«Era un cagnolino che l'abate teneva nella casa dove fu ospitato frate Tommaso. È morto lo stesso giorno.»

Yves commentò: «Interessante. O gli animali sono morti per

il dolore, il che non può essere escluso, oppure qualcosa li ha uccisi».

«Potrebbero aver leccato il corpo... Erano entrambi in condizione di farlo. È possibile che fosse velenoso?»

«Sì, è possibile, Jean. E il priore, a modo suo, ce lo ha anche detto.»

4

Il *Rhizotomikon*

Abbazia di Fossanova, 21 maggio 1274, mattina

Durante le laudi, Yves e Bernard videro finalmente i monaci dell'abbazia. Erano una cinquantina, tra cui molti giovani. A quanto pareva, l'Ordine cistercense non aveva i problemi vocazionali che da qualche tempo affliggevano il vecchio Ordine benedettino. All'inizio della preghiera, frate Giacomo aveva rivolto un indirizzo di benvenuto agli ospiti domenicani, dicendo che erano venuti a pregare sulla tomba di frate Tommaso. Yves aveva tuttavia percepito la diffidenza dei cistercensi e nessuno si era avvicinato a loro, tranne il priore. La scorta armata con cui si erano presentati faceva temere che, al di là delle intenzioni dichiarate, il vero scopo della loro visita fosse quello di portar via il corpo del maestro.

Al termine della funzione, Giacomo condusse Yves e Bernard alla casa dell'abate, nel settore nordorientale del monastero, dietro il chiostro e il dormitorio dei monaci. Jean era già lì ad attenderli. Si trattava di un edificio in pietra, attaccato all'infermeria dei monaci di cui costituiva come la prosecuzione, e aveva dall'altro lato lo *scriptorium* dell'abbazia. Una scala di legno esterna consentiva di accedere direttamente al primo piano. Da lì, salendo alcuni gradini di pietra, il priore li condusse al secondo piano, che ospitava la residenza dell'abate. Era divisa in tre ambienti: una piccola cucina con camino, un salone con un grande tavolo in quercia e una camera. Quest'ultima era arredata solo con una branda, un cassone e un crocifisso appeso al muro. Dalla finestra a oriente arrivava la luce del sole. Non c'era più traccia di nuvole in cielo.

Yves si segnò, imitato dagli altri.

«È stato qui» spiegò il priore. «L'abate si era trasferito nel salone di fianco. Il fuoco nel camino della cucina era sempre acceso e con i bracieri venivano riscaldati anche il salone e questa camera. I miei confratelli raccoglievano la legna nel bosco e la trasportavano a braccia, senza utilizzare bestie da soma, ritenendo poco dignitoso che la legna destinata a scaldarlo fosse portata dagli animali. Quando li vedeva arrivare, egli diceva umilmente: "Perché mai questi santi uomini mi portano la legna?".»

«Il fuoco restava sempre acceso?» chiese Yves.

«Era febbraio e faceva freddo.»

«Come trascorreva le sue giornate?»

«Pregando con noi, circondato dall'amore di tutti. Al suo arrivo riusciva ancora a camminare e fece da solo le scale, sia pure con difficoltà. Poi le sue condizioni andarono peggiorando e non si alzò più dalla branda. Si spense dopo meno di un mese.»

«Era lucido?»

«All'inizio sì. Come vi accennavo, diceva messa tutti i giorni e ne ascoltava un'altra. Una volta commentò anche brevemente con i miei confratelli il Cantico dei Cantici, o almeno così mi dissero, perché io non ero presente.»

«Chi c'era?»

«Ora non lo ricordo con precisione.»

Yves lo guardò scettico e osservò: «Una spiegazione delle Scritture da parte di Tommaso deve essere stato un evento memorabile. Immagino che non sappiate nemmeno che cosa disse e se sia stato lui a prendere l'iniziativa di commentare proprio il Cantico dei Cantici, o se i monaci gli abbiano chiesto di farlo».

Gli occhi di ghiaccio del priore sostennero lo sguardo dell'inquisitore.

«No, *magister*, mi dispiace. Erano giornate difficili, come potete immaginare. Sarà comunque mia cura assumere informazioni dai miei confratelli e farvelo sapere.»

«Bene, vi ringrazio.» Yves si guardò intorno, quindi chiese: «Quando è morto, dove lo avete preparato?».

«Al *lavatrinum*, proprio sotto di noi.»

«Possiamo vederlo?»

«Certo, seguitemi.»

Scesero al piano inferiore ed entrarono nella cappella dell'infermeria, corrispondente al salone dell'abate. La stanza sotto quella che aveva ospitato Tommaso era occupata dal *lavatrinum*, il letto di marmo dove i corpi dei monaci defunti venivano lavati e preparati per le esequie.

«Lo abbiamo preparato qui... Non è stato facile portare a braccia il corpo per le scale. Nonostante non mangiasse ormai da giorni, era ancora molto pesante» disse Giacomo.

Sotto un'alta finestra che si apriva sulla parete a nord, sul lato dello *scriptorium*, c'era un grande armadio con scaffali e vasi di ceramica. Yves si avvicinò e domandò: «Questi che cosa contengono?».

«Non so dirvelo con precisione. Sono unguenti e sostanze per la preparazione delle salme. Se ne occupa il nostro confratello Giovanni da Piedimonte, l'erborista.»

«Uno di quelli che vennero con voi a Magentia?»

«Sì. Avendo appreso che frate Tommaso era malato, l'abate decise di inviare anche lui, che si occupa della cura degli infermi. È molto bravo e ha accudito il *magister* fino alla fine.»

«Posso parlargli?»

Il priore sospirò. «È partito per Lione. Il nostro abate ha preferito averlo vicino in un viaggio così lungo.»

«Quanti anni ha l'abate?»

«Quarantacinque.»

«Capisco... E in assenza dell'erborista chi si occupa di assistere gli infermi?»

Giacomo scosse la testa. «C'è un giovane confratello, il suo assistente, Anselmo da Sessa, ma è ancora inesperto. In pratica, gli infermi sono affidati al Signore e alle nostre preghiere.»

Era evidente che Giacomo non aveva condiviso la scelta dell'abate di portare con sé l'erborista. L'inquisitore non si rassegnò: «In mancanza di meglio, parleremo con Anselmo da Sessa. Dove possiamo trovarlo?».

«Venite.»

Attraversarono nuovamente la cappella e svoltarono a sinistra, sbucando in un grande salone dal soffitto molto alto, illuminato da finestre sotto le quali erano allineate delle brande vuote. Il priore spiegò: «L'infermeria dei monaci. Per grazia di Dio, nessuno è ammalato».

Scesero al piano terra e uscirono nel chiostrino dell'infermeria, dove un ragazzo biondo, alto e robusto era affaccendato intorno ad alcune siepi. Non dimostrava molti più anni di Bernard. Vedendo il priore con gli ospiti, si strofinò le mani sulla tonaca sporca di terra.

Giacomo disse: «Anselmo, il *magister* vuole parlarti».

Il giovane accennò un inchino. «*Pax vobiscum.*»

«*Et cum spiritu tuo*. Il priore ci ha detto che ora sei tu l'erborista dell'abbazia.»

Anselmo da Sessa sembrò a un tempo lusingato e perplesso. Lanciò un'occhiata a Giacomo e rispose: «Sono solo un apprendista».

Yves volse lo sguardo alla siepe più vicina.

«Assenzio?»

«Sì, fa abbassare la febbre ed elimina i vermi dalle viscere. Frate Giovanni ci tiene in modo particolare. Raccoglieremo le foglie in estate, al suo ritorno da Lione.»

«L'ha usato anche per curare Tommaso?»

Anselmo assunse un'aria desolata. «Non lo so. Di frate Tommaso si occupava direttamente lui.»

«Ha provato a curarlo?»

«Ha fatto tutto quello che ha potuto, fino all'ultimo.»

«Il tuo maestro non ha fatto commenti sulla malattia?»

«Frate Giovanni non è molto loquace e in quel periodo parlava ancora di meno. Mi accorgevo che era molto preoccupato, ma solo una volta me ne accennò. Una sera, pochi giorni prima che frate Tommaso tornasse alla casa del Padre, lo vidi molto stanco. Gli chiesi come stava andando e rispose che aveva fatto quello che era in suo potere, ma la situazione era disperata. Poi aggiunse una frase che mi colpì...»

«Quale frase?»

«Ecco, *magister*... disse che frate Tommaso era già morto quando lo aveva visto per la prima volta a Magentia.»

«Non gli hai chiesto che cosa intendesse?»

«No. Pensai che stesse cercando di consolarsi per non essere riuscito a salvarlo. Gli dissi che non potevamo opporci alla volontà di Dio, ma non mi rispose.»

«È un peccato che il tuo maestro non sia qui per spiegarcelo» replicò Yves, poi si rivolse al priore: «Frate Giacomo, voi che cosa ne pensate? L'erborista ne aveva parlato anche con voi?».

«No, *magister*, ma ovviamente a Magentia frate Tommaso era vivo e lo è rimasto fino al 7 marzo.»

«Siete troppo intelligente per non aver capito che il vostro fratello stava parlando in senso figurato e voleva alludere ad altro...» L'inquisitore restò per qualche istante in silenzio, poi proseguì: «In ogni caso, vi ringrazio, non voglio trattenervi oltre. Ho già approfittato del vostro tempo e avete un'abbazia da gestire. Da parte mia, credo di aver ormai ultimato le mie verifiche qui».

«Pensate già di lasciarci?»

Nelle parole del monaco, Yves colse una punta di sollievo.

«Partiremo presto, forse già domani.»

«Bene. Accolgo il vostro invito e vado. Ci vedremo più tardi nel refettorio.»

«Ma certo. Nel frattempo, potrei dare un'occhiata all'erboristeria?»

Ci fu un attimo di esitazione prima della risposta di Giacomo.

«Sarà un onore per me mostrarvela di persona.»

«Non avevate altri impegni?»

«Possono attendere. Anselmo, hai tu la chiave?»

Il giovane annuì, quindi si diresse verso il porticato dell'infermeria. Accanto all'ingresso dal quale erano usciti c'era una porta chiusa. L'apprendista tirò fuori una grossa chiave dal saio e l'infilò nella serratura. Il battente si aprì cigolando. Entrarono in un'ampia stanza illuminata da una finestra, con al centro un tavolo e due sedie. Alti scaffali coprivano le pareti, piegati dal peso di numerosi volumi e di vasi di ceramica come quelli del *lavatrinum*. Era tutto in ordine e non c'era un filo di polvere.

Yves indicò i codici e chiese: «Posso guardare?».

Fu direttamente il priore a rispondere: «Questa è la vostra casa».

«Vi prego, frate Giacomo, se avete altro da fare non sentitevi obbligato a restare.»

«Non preoccupatevi. Anselmo, aiuta il *magister* a tirare giù i libri.»

Buona parte della mattinata trascorse così, con il giovane cistercense che toglieva i codici dagli scaffali e Yves che li sfogliava, mentre gli altri osservavano in silenzio.

Alla fine, l'inquisitore si alzò e disse: «Mi ha sempre appassionato lo studio delle piante e mi aspettavo di trovare testi interessanti, ma questi volumi sono veramente unici e hanno superato tutte le mie aspettative. Non so come ringraziarvi per avermi consentito di esaminarli».

Il priore abbozzò un inchino. «Le vostre parole onorano la nostra umile abbazia, *magister*.»

Yves accennò a sua volta un inchino e disse: «Con il vostro permesso, ora andrei».

«A più tardi.»

Yves, Bernard e Jean uscirono e si allontanarono in direzione del chiostro. Il priore e Anselmo li seguirono con gli occhi.

L'apprendista chiese: «Non dovevo dirlo?».

Senza staccare gli occhi dalla schiena di Yves, il confratello rispose: «Sei stato perfetto...».

✠ ✠ ✠

Un passero si posò sul muretto del porticato del chiostro, sotto una delle coppie di colonnine che sorreggevano gli archi. Yves lo osservò e il piccolo animale spostò la testa, come incuriosito a sua volta, poi volò via. Il giardino era uno spettacolo di rose fiorite. L'inquisitore passeggiava lentamente, le mani giunte nella tasca centrale della tonaca, con Jean a destra e Bernard a sinistra. Erano soli. A quell'ora tutti i monaci erano ancora dediti alle loro occupazioni mattutine, come prescriveva la Regola.

Jean disse: «Allora domani si parte... Vi siete fatto un'idea di ciò che è accaduto a frate Tommaso?».

«No.»

I due giovani si guardarono perplessi. Fu di nuovo il conte a parlare: «E perché ce ne andiamo?».

«È quello che ho detto al priore per tranquillizzarlo, ma abbiamo ancora qualcosa da fare qui. La frase di quel ragazzo va presa in considerazione. Giovanni da Piedimonte è un erborista esperto, al punto che l'abate lo ha portato con sé a Lione. È stato inoltre a Magentia per curare Tommaso. Abbiamo sentito che egli ha fatto del suo meglio per assistere nostro fratello, ma ha confidato al suo allievo che Tommaso era già morto quando lo aveva visto per la prima volta. Da esperto qual era, aveva capito subito che il male che affliggeva Tommaso era tale da non lasciargli scampo.»

«Certo, è la sola spiegazione possibile!» esclamò Bernard.

«Non c'è mai una sola spiegazione possibile» osservò Yves, serafico.

Il giovane monaco chiese: «Quale altra spiegazione potrebbe esserci, *magister*?».

«Il nostro uomo custodisce nell'erboristeria libri pericolosi. C'è una rarissima copia del *Rhizotomikon* di Crateuas, un medico greco, grande esperto di piante e di veleni, tanto da essere soprannominato appunto "Rizotomo", colui che strappa le radici. Disegnò in questo trattato molte piante e ne descrisse gli effetti, spesso mortali. In tutta la mia vita, ne avevo vista solo un'altra copia e la feci bruciare tanti anni fa, dopo la morte del suo possessore.»

Non aggiunse che si trattava di Mathieu de Bourbon, il suo maestro, che non a caso talvolta si dilettava a estrarre piantine dal terreno con tutte le radici.

«Quindi Giovanni potrebbe aver riconosciuto i sintomi di un veleno descritto in quel libro» commentò Bernard.

«Oppure potrebbe essere stato proprio lui a somministrarlo a Tommaso» replicò l'inquisitore.

Jean intervenne: «Ma perché avrebbe dovuto farlo?».

«Non lo so. Non c'è alcun movente. O forse è sepolto nel passato. L'abate Teobaldo da Ceccano è imparentato con Umberto di Fondi, figlio di una Ceccano, massacrata con il resto della famiglia dagli alleati del papa. Una vendetta familiare? Eppure, oggi una d'Aquino è sposa del conte di Ceccano. Chissà. In ogni caso, a questo punto è nostro dovere dare un'occhiata ai resti mortali del povero Tommaso. Guardatevi bene intorno e cercate di trovare un sistema per entrare in chiesa stanotte. Il portone principale sarà certamente chiuso e quello non ha serrature, dovremo arrivare qui dal refettorio, che non è lontano dalla foresteria, e cercare di entrare in chiesa dall'ingresso laterale che abbiamo utilizzato ieri con il priore. Jean, spero che tu non abbia dimenticato come si fa a forzare una serratura.»

«Volete esaminare il cadavere?»

«Sì. Non possiamo andarcene senza averlo visto. Proprio Tommaso diceva che da qualunque effetto si può risalire alla causa, e in questo modo, partendo dalla natura, ha tentato persino di dimostrare l'esistenza di Dio. Esaminare il corpo potrebbe aiutarci a stabilire la causa della morte.»

«Chiedo scusa, *magister*» intervenne Bernard, «ma perché farlo di notte, come dei ladri? Con l'autorità conferitavi dal Santo Padre potete farlo riesumare quando e come volete. Chiunque osasse opporsi verrebbe immediatamente scomunicato e arrestato.»

«Vedi, Bernard. Finora non abbiamo elementi per pensare che i monaci abbiano fatto del male a Tommaso. Anzi, lo hanno accudito con tutto il loro amore e le loro preghiere. Anche il possesso del libro di Crateuas non significa che Giovanni da Piedimonte sia un avvelenatore. Non voglio quindi turbare la pace di questo luogo santo, lume della Cristianità, a meno che non diventi indispensabile. Lo dobbiamo al nostro fratello, non pensi?»

Il giovane abbassò la testa. «Certo, *magister*. Scusatemi.»

5

La cappella di Santo Stefano

Abbazia di Fossanova, notte tra il 21 e il 22 maggio 1274

C'era la luna piena e, se qualcuno fosse stato sveglio a guardare il piazzale dell'abbazia, avrebbe visto cinque ombre scivolare fuori dalla foresteria e dirigersi verso le latrine del refettorio dei conversi. Da lì, Yves, Jean, Bernard, Godefroy de Montreveil e Ruggero di San Floro, tenendosi addossati al muro, raggiunsero l'ingresso del refettorio dei monaci, poco più avanti. La porta non era sprangata dall'interno e Jean aveva già avuto modo di esaminare la serratura. Dopo aver consegnato a Bernard il piccone del quale era munito come gli altri, armeggiò brevemente con un ferro piegato, si udì un rumore metallico e il battente si aprì. L'ampio salone era immerso nella penombra. Dalle alte finestre, la luce della luna non rendeva necessario accendere lumi. Del resto, non c'erano molti arredi a ostacolare il movimento, solo un lungo tavolo e panche di quercia, con un pulpito rivestito di gesso dal quale durante i pasti il monaco di turno leggeva brani delle Scritture o delle opere dei padri della Chiesa. La cucina, comune a entrambi i refettori, era più avanti a sinistra, mentre in fondo un'altra porta dava sul chiostro, e fu lì che si diressero. Usciti nel porticato, svoltarono a sinistra e poi a destra, fino alla porta di accesso laterale alla chiesa. Anche questa non oppose resistenza al grimaldello di Jean.

Una volta dentro, a un cenno di Yves, Bernard tirò fuori dalla tonaca un acciarino e accese una candela. Si avvicinarono in silenzio all'altare e alla lunga pietra squadrata che il priore aveva indicato come il sepolcro di Tommaso. L'inquisitore l'indicò: «È questa».

Jean, Bernard e i due cavalieri fecero leva con i picconi e la sollevarono lentamente, poi la spinsero per spostarla cercando di non fare rumore.

Jean fu il primo a intravedere l'interno ed esclamò: «Non c'è niente! Il priore ha mentito».

Bernard lasciò cadere il piccone e mormorò, segnandosi: «Forse è risorto come nostro Signore...».

Yves illuminò con la candela un antico sarcofago di marmo lavorato, verosimilmente di epoca romana, privo di copertura e completamente vuoto. Poi replicò: «Non dire sciocchezze, Bernard! Jean ha ragione. Il priore si è preso gioco di noi».

Rimase immobile a guardare la tomba vuota e non poté fare a meno di pensare alla reazione di Bernard. Vide e credette, stava scritto,[1] eppure egli non aveva pensato neppure per un istante che il povero Tommaso fosse risorto e aveva dato dello sciocco al giovane confratello, che nella sua fede lo aveva creduto. Non era così che si era comportato Simon Pietro con Giovanni. Allontanò da sé quei pensieri e chiese perdono al Signore. I resti mortali di Tommaso non erano lì. Non c'erano mai stati o qualcuno li aveva portati via. Punto. In ogni caso, il priore avrebbe capito presto di aver commesso un grave errore.

«Rimettete a posto la pietra.»

Più tardi, quella notte

«*Deus, in adiutorium meum intende. Domine, ad adiuvandum me festina.*»[2]

La voce del maestro del coro ruppe il silenzio della chiesa e quelle di cinquanta monaci risposero. La funzione delle *vigiliae* si svolgeva a notte fonda e simboleggiava la luce della Cristianità che

[1] Giovanni 20,8.

[2] O Dio, vieni a salvarmi. Signore, vieni presto in mio aiuto; Salmo 70.

brillava nelle tenebre. Nessuno si aspettava la partecipazione dei due domenicani, che bussarono alla porta principale della chiesa e raggiunsero gli altri in silenzio.

Al termine, i monaci si diressero verso l'uscita sul chiostro. Sarebbero quasi tutti tornati al dormitorio per riposare ancora qualche ora in preghiera, in attesa delle laudi. Fu allora che Yves raggiunse il priore.

«Scusatemi, frate Giacomo. Dovrei parlarvi.»

Il tono era di quelli che non ammettevano repliche. Il monaco non ne fu sorpreso e annuì.

Attesero che tutti uscissero, poi, indicando la pietra davanti all'altare, l'inquisitore disse: «Sappiamo entrambi che mentire a un inquisitore è un peccato mortale».

Il priore sostenne ancora una volta il suo sguardo. «Temevo che non vi sareste rassegnato, ma non posso permettervi di portarlo via.»

Yves passò al tu. «Ti ho già detto che non sono venuto a portarlo via. La mia missione è accertare come è morto e ho quindi bisogno di vedere il corpo.»

«Non è possibile.»

Yves non si scompose. Non era certo la prima volta che qualcuno gli opponeva un rifiuto. Il suo tono fu tagliente. «Giacomo da Ferentino, non spetta a te decidere quello che è possibile e quello che non lo è, ma alla volontà di Dio, della quale è interprete il papa, che mi ha incaricato di accertare le cause della morte di Tommaso d'Aquino. Per farlo devo esaminare il cadavere, e non sarai certo tu a impedirmelo.»

«L'abate non c'è e frate Reginaldo lo ha affidato a lui, con un atto firmato.»

«Ci sei tu a fare le veci dell'abate e l'atto di Reginaldo non conta nulla rispetto alla volontà di Dio. Ti ricordo che opporsi a un inquisitore nell'esercizio delle sue funzioni comporta l'immediata scomunica. Oppure devo pensare che tu non voglia mostrarmi il corpo per un fine inconfessabile? Lo avete ucciso voi? Bada, se fossi indotto dal tuo atteggiamento a sospettarlo, dovrei sottoporti alle *quaestiones*. Sai cosa significa.»

Significava tortura, e il priore lo sapeva benissimo. Negò con vigore. «No, *magister*... Non lo abbiamo ucciso. Volevamo bene a frate Tommaso e abbiamo fatto tutto quello che potevamo per curarlo e accudirlo. Ma credetemi, non posso.»

L'inquisitore comprese che il priore era combattuto. Non avrebbe voluto rischiare la scomunica o la tortura, ma c'era qualcosa che lo frenava. Forse temeva ancora che il vero scopo di Yves fosse portare via il cadavere.

Il domenicano quindi ribadì, con calma e scandendo le parole: «Devo solo esaminare il corpo. Non lo porterò via».

Giacomo tacque, poi mormorò: «Abbiamo assecondato la volontà di frate Tommaso. Voleva restare qui, lo aveva detto pubblicamente arrivando e lo aveva confermato all'abate».

«Perché?»

«Questo non lo so, ma forse voi riuscirete a scoprirlo. Appena Reginaldo è partito, l'abate ha fatto spostare il corpo, nel timore che voi domenicani tornaste a riprendervelo. Lo abbiamo fatto di notte, io e tre confratelli, Pietro di Castro Monte San Giovanni, Giovanni da Piedimonte e Nicola da Fresolino. Gli altri non sanno nulla ed è bene che non sappiano nulla. Dopo compieta, fatevi trovare davanti al dormitorio dei conversi, l'edificio accanto a questa chiesa. Portate i picconi che immagino avrete usato qui. Vi condurrò da frate Tommaso.»

Dopo compieta

Yves, Jean e Bernard uscirono dalla porta della foresteria che dava sulla piazza dell'abbazia illuminata dalla luna. Il priore era lì ad attenderli, solo. Per non essere notato, si era accostato a una capanna nei pressi degli alberi da frutto. Vedendoli, si diresse verso la porta di sinistra della casa dei conversi. La aprì, fece segno di seguirlo e s'infilò dentro. I tre entrarono proprio mentre Giacomo accendeva i ceri dei candelabri. Era una piccola cappella con due colonne quadrate al centro e l'altare addossato alla parete di fronte all'ingresso. Un'altra porta si apriva nello spigolo a destra.

Si segnarono e Giacomo disse: «La cappella dei conversi, consacrata a santo Stefano. Lo abbiamo messo lì, in un vano del muro che abbiamo chiuso con mattoncini leggeri». Indicò la parete intonacata a sinistra.

Yves fece un cenno a Jean e a Bernard, mentre il priore proseguiva, avvicinandosi al muro e toccandolo: «Cercate di scalzare i mattoni iniziando da questo punto, senza fare troppo rumore. Qui sopra dormono i conversi».

Togliendo un mattone dopo l'altro, Jean e Bernard aprirono un varco nel muro e dietro apparve legno di quercia. Rimosso il muretto, fu necessario l'intervento di tutti e quattro per estrarre la bara e posarla a terra, mentre un forte profumo di fiori si diffondeva ovunque. Frate Giacomo spalancò la porta della cappella per far entrare aria, ma l'odore era comunque fortissimo.

Con cautela, utilizzando il piccone come leva, Jean sollevò il coperchio, quindi fece un balzo indietro mormorando: «Che Dio ci aiuti. Questa è una diavoleria!».

Yves si avvicinò, sentendo il cuore accelerare i battiti.

Era il cadavere di Tommaso, su questo non c'erano dubbi, vestito con l'abito domenicano e assolutamente intatto, solo più magro ed emaciato di come l'inquisitore lo ricordava. L'unica alterazione visibile era una piccola mancanza alla punta del naso. Ciò che invece aveva provocato l'esclamazione di Jean era la luminosità della salma nella penombra, come se fosse stata d'alabastro.

Il profumo, intanto, aumentava. Yves si segnò, poi intimò: «Che nessuno lo tocchi».

Si rivolse quindi al priore: «È opera dell'erborista, vero?». Giacomo non rispose e l'inquisitore proseguì: «Deve essere veramente bravo. Quando Tommaso è morto, la salma è stata trasferita nel *lavatrinum* al piano di sotto, e lì Giovanni da Piedimonte non si è limitato a lavarlo e a vestirlo, ma ha cercato di imbalsamarlo. Aveva di fronte il corpo di un personaggio straordinario, in odore di santità, e ha fatto del suo meglio per preservarne i resti. Come abbiamo visto, unguenti e polveri non gli mancavano. Ciò spiega il profumo che stiamo sentendo; potrebbe anche spiegare la morte degli animali che avevano leccato il corpo prima della sepoltura, come il suo mulo e il cagnolino dell'abate. Avrete certamente trovato anche un topo morto nel *lavatrinum*. In una delle pause del trattamento, deve essere riuscito a mordere il cadavere sul naso, ma non credo che ciò gli abbia portato bene. Per questi trattamenti si utilizzano sostanze molto tossiche».

«La vostra fama è ben meritata, *magister*» commentò il priore. «Sì, Giovanni aveva trattato il corpo per preservarlo.»

«Un trattamento riservato ai santi. Da inquisitore di Francia, sono venuto a conoscenza di altri casi simili, sempre relativi a sepolture in abbazie. San Severo di Rouen fu riesumato quattro secoli dopo la sepoltura e il suo corpo fu trovato ancora intatto, avvolto in bende e impregnato di profumi preziosi. Che cosa ha usato il vostro erborista, composti a base di mercurio?»

«Questo lo ignoro. Ci disse comunque di lavarci bene le mani dopo averlo toccato per trasferirlo nella cassa di quercia.»

«Che cosa lo rende luminoso?» chiese Jean.

Rispose Yves: «Forse una resina conservante e antiputrefattiva, che nella penombra produce questi riflessi di luce».

L'inquisitore prese un candelabro dall'altare e si avvicinò alla salma per esaminarla da vicino. Poco dopo esclamò: «Manca il pollice della mano destra. È stato tagliato di netto!».

«Lo ha preso frate Reginaldo, come reliquia.»

Il domenicano fece una smorfia, continuando a osservare il cadavere. Si soffermò sulla testa, poi rimise a posto il candelabro e disse: «Per me è sufficiente. Vorrei solo benedire la salma, prima di richiudere».

Il priore giunse le mani in preghiera. Jean e Bernard lo imitarono. Yves alzò la destra e disse: «Signore, Padre santo, accogli nella tua misericordia l'anima di nostro fratello Tommaso e perdona i suoi peccati. Per tutta la vita, egli ti ha servito fedelmente, utilizzando la ragione al servizio della fede, per spiegarla, rafforzarla e difenderla. Ha peccato, come tutti noi e com'è nella natura umana, ma lo ha fatto solo per l'orgoglio che gli derivava dall'essere in cammino verso il tuo immenso amore. Per questo, noi ti preghiamo. Amen».

Tre voci gli fecero eco: «Amen».

22 maggio 1274, mattina

Il sole splendeva su Fossanova e nel cielo terso garrivano le rondini. Yves passeggiava da solo tra gli alberi dello spiazzo davanti alla chiesa. Il priore lo aveva appena lasciato, dopo avergli confermato di aver provveduto lui stesso, nella notte, a ricostruire il muretto e a intonacare la parete nella cappella di Santo Stefano.

Il domenicano rifletteva sullo strano destino che il Signore aveva voluto riservare al corpo di Tommaso, quasi imbalsamato dai monaci e mutilato dal suo *socius* Reginaldo in cerca di reliquie. Secondo Giacomo, aveva chiesto all'abate di poter riposare per sempre a Fossanova e lo aveva anche dichiarato pubblicamente. Proprio lui, che a Parigi aveva rischiato l'accusa di eresia sostenendo la tesi dell'unicità della forma sostanziale. Il Tommaso che aveva conosciuto non si sarebbe curato della sorte del suo cadavere, convinto che non avrebbe conservato alcun legame identitario con lui. Perché invece in fin di vita se n'era preoccupato? E perché non aveva chiesto di riposare per sempre in una casa di predicatori? Era possibile che i cistercensi mentissero per conservarne le spoglie? In ogni caso, il corpo era stato talmente manomesso da non consentire di risalire alla causa della morte. C'era comunque qualcuno che lo aveva esaminato bene. Qualcuno che tra i suoi libri aveva il *Rhizotomikon*.

Si avviò a passi lenti verso la foresteria, proprio mentre Jean ne usciva per andargli incontro.

«Gli uomini sono pronti, *magister.*»

«Grazie, Jean. Ho riflettuto su come procedere. Dobbiamo dividerci.»

«In che senso?»

«Io proseguirò per Magentia e poi per Napoli con Bernard. Tu ripartirai per Lione. Rintraccerai Giovanni da Piedimonte e lo interrogherai, trattenendolo fino al mio rientro. Dopo averti fatto sbarcare ad Arles, la nave dovrà tornare subito a prenderci a Napoli. Devo rientrare in tempo per la conclusione del Concilio.»

«Pensate che sia stato l'erborista a uccidere frate Tommaso?»

«Per ora penso solo che sappia qualcosa. Tutti lo considerano molto esperto e possiede il *Rhizotomikon*. Ha dichiarato che Tommaso era già morto a Magentia. Lo ha assistito durante la malattia e ha tentato di imbalsamarlo dopo la morte. Ce n'è abbastanza per interrogarlo.»

Jean sembrava perplesso. «E se lui o l'abate si rifiutassero di collaborare?»

«Non potranno. Scriverò una lettera che ti fornirà tutti i poteri necessari.»

«Allora fatelo subito, *magister*. Non c'è molto tempo, partirò da Terracina oggi stesso. Porterò con me due uomini. Vi lascio gli altri, con Godefroy de Montreveil e Ruggero di San Floro: sono valorosi e sapranno proteggervi. Voi comunque state attento. Avverto qualcosa di oscuro e pericoloso in questa storia, che potrebbe rendere inutili le loro spade. Siete sicuro di volere che io vada?»

Yves fece un accenno di sorriso. «Abbiamo la protezione di Dio, non ne esiste una migliore.»

Il conte non condivideva l'ottimismo del frate. Sospirò e concluse: «Come volete, *magister*».

Più tardi

Era venuto il momento di accomiatarsi. Jean era già partito e anche Yves e Bernard si accingevano a lasciare l'abbazia. I cavalieri erano in sella, mentre due conversi tenevano per le redini i muli dei domenicani.

Giacomo da Ferentino era andato a salutarli da solo.

«Addio, *magister*. Possa il Signore proteggervi e condurvi alla verità.»

«Addio, frate Giacomo. Che il Signore protegga te e i tuoi confratelli. Spero di poter incontrare l'abate al Concilio.»

«State già tornando a Lione?»

Yves colse una nota di delusione nelle parole del cistercense.

«Non subito. Andremo prima a Magentia.»

«La vostra indagine prosegue, quindi? Sarei onorato di poterne conoscere l'esito, quando l'avrete conclusa.»

Yves fissò gli occhi di ghiaccio. «Quale esito immagini?»

«Siete un abile inquisitore, *magister*, e, se dietro la morte di nostro fratello Tommaso vi fosse un disegno diabolico, saprete certamente riconoscerlo. Io ho vissuto con lui per quasi un mese, l'ultimo della sua vita. A Magentia era già molto malato e sono convinto che, se fosse stato in quelle condizioni già a Napoli, il priore del vostro convento non gli avrebbe consentito di mettersi in viaggio. Reginaldo diceva che aveva battuto la testa lungo la strada, tra Teano e San Germano. Potrebbe quindi essere stato quel colpo a determinare la malattia e la morte. Non sarebbe la prima volta che qualcuno si ammala e muore dopo un brutto colpo alla testa.»

«Già.»

Il commento di Yves era stato asciutto. L'inquisitore montò in sella, aiutato da Bernard.

«I vostri confratelli verranno a riprendersi il corpo?» chiese Giacomo.

«Non credo... Non sarò comunque io a sollecitarli. *Pax tecum, frater.*»

6

Magentia

Tra Fossanova e Magentia, 22 maggio 1274, intorno all'ora nona

«*Magister*, conoscevate bene frate Tommaso?»

Procedevano al passo verso Magentia, seguendo un sentiero tra alberi di quercia, prati e canali. Ruggero di San Floro si era informato sul percorso e cavalcava davanti con due uomini. Seguivano i frati, quindi Godefroy de Montreveil e gli altri quattro cavalieri. Fino a quel momento Yves era rimasto in silenzio, ripensando alla salma di Tommaso. La domanda di Bernard gli diede modo di scacciare quell'immagine e rispose con inconsueta affabilità: «Lo conobbi quando tornai in Francia dalla *expeditio crucis* in Terrasanta, venti anni fa. All'epoca aveva meno di trent'anni e già insegnava teologia. Le lezioni si tenevano nel convento di San Giacomo. Dopo qualche anno, si trasferì in Italia, ma rientrò a Parigi prima che io partissi per la crociata a Tunisi».

«In quegli anni eravate inquisitore?»

«Sì... Nella mia vita non ho fatto molto altro.»

«Com'era frate Tommaso?»

«L'aspetto fisico lo hai visto stanotte. Alto, corpulento, con pochi capelli. L'uomo più sapiente che io abbia conosciuto, devoto, intelligente e con un senso dell'ironia non comune. Parlava poco e solo se l'argomento della conversazione lo interessava. Spesso si distraeva, assorto nelle sue riflessioni. Una volta capitò persino durante una cena con il re di Francia. Era nato da queste parti, a Roccasecca, e ne andava fiero. Veniva dalla famiglia dei conti d'Aquino. Studiò da bambino a Montecassino e poi da ragazzo a Napoli, entrando nel nostro Ordine nonostante l'opposizione dei familiari, che lo avrebbero voluto benedettino e in prospettiva abate. Fu un allievo promettente e il *magister* Alberto Magno lo portò con sé quando aprì il nostro *studium* generale a Colonia.»

«È vero che è riuscito a dimostrare l'esistenza di Dio?»

«È più corretto dire che ci ha provato, come Anselmo d'Aosta e Pietro Lombardo, di cui Tommaso commentò le sentenze. Il suo lavoro è stato più rigoroso di quello dei suoi predecessori. Nella prima parte della *Somma teologica*, l'opera alla quale ha dedicato tanti anni e che stava continuando a Napoli, egli sostiene che l'esistenza di Dio può essere razionalmente provata per ben cinque vie.»

«Cinque, *magister*?»

«Già, la prima è quella *ex motu*, dal movimento. In questo mondo, osserva Tommaso, alcune cose si muovono e si trasformano, ma sono comunque mosse da altro, come per esempio il fuoco che brucia il legno e lo trasforma. Il fuoco è tuttavia a sua volta acceso da un uomo o da un fulmine. Tutti gli agenti che muovono, potremmo chiamarli motori, sono quindi a loro volta mossi, ma non si può procedere all'infinito, perché l'infinito, secondo Aristotele, non è pensabile e dunque non esiste. Deve esserci un primo motore, che non è materia, ma forma pura, che attira a sé senza muoversi e dal quale originano tutti i movimenti dell'universo. Questo primo motore immobile è Dio.

«La seconda via è *ex causa*, dalla causa efficiente, quella cioè che produce un effetto. Tommaso osserva che nel mondo sensibile ogni cosa è l'effetto di una causa e che vi è un ordine tra le cause efficienti. Ogni cosa è causata da un'altra, la quale a sua volta è causata da un'altra ancora e così via. Ma anche in questo caso non è possibile risalire all'infinito, poiché l'infinito non è pensabile. Deve esserci quindi necessariamente una prima causa non causata, che è causa efficiente di se stessa, dalla quale derivano tutte le altre. Questa prima causa efficiente è Dio.

«La terza via è *ex possibili*, cioè dal possibile o dal contingente. Tra le cose, ve ne sono alcune che possono essere, ma possono anche non essere. Certe cose accadono, mentre altre, pur potendo accadere, non si verificano per le ragioni più diverse, come per esempio le scelte degli uomini. Tu ora sei qui perché ci sono stati i tuoi genitori, ma avresti anche potuto non esserci, se i tuoi genitori o i tuoi nonni non si fossero incontrati. Eppure non può essere tutto possibile e non necessario, perché allora potrebbe anche esistere il nulla, ma ciò sarebbe inconcepibile. Bisogna che ci sia un primo essere necessario di per sé, che non tragga da alcun altro la sua necessità, e questo primo essere è Dio. In altri termini, solo Dio è e non può non essere, mentre tutto il resto è contingente, può essere e può non essere.

«La quarta via è *ex gradibus*, cioè dai gradi che si riscontrano nelle cose. Tommaso l'ha ripresa dal *Monologion* di Anselmo d'Aosta. Nelle cose troviamo il bene, il vero, il bello, il nobile, eccetera, in grado maggiore o minore. Per esempio, una cosa potrà essere più bella o meno bella, più calda o meno calda, più luminosa o meno luminosa, e così via. Il grado viene quindi attribuito alle cose a seconda di come esse si accostano a qualcosa di sommo o di assoluto. Vi sarà dunque un massimo dei massimi, oltre il quale non si può andare: sommamente vero, sommamente buono, sommamente nobile, sommamente bello, perfetto di una perfezione suprema e assoluta, e questo è Dio.

«La quinta via è *ex fine*, cioè dal fine a cui tendono tutte le cose nell'universo. Tommaso rileva che persino alcune cose prive di conoscenza, come i corpi naturali, tendono a un fine e ciò risulta dal fatto che agiscono sempre allo stesso modo. Esse sono tuttavia prive di intelligenza. Per agire tutte inconsapevolmente allo stesso modo devono quindi essere dirette da un essere conoscente e intelligente, come la freccia è diretta dall'arciere. Vi è dunque un qualche essere intelligente dal quale tutte le cose naturali sono ordinate verso un fine, e questo è Dio.»

Il giovane commentò: «Doveva essere un uomo di straordinaria sapienza».

«Proprio così.»

«Posso chiedervi che cosa pensate di questa dimostrazione?»

Yves si voltò. Aveva percepito qualche incertezza nelle parole del ragazzo.

«Non ti convince?»

«Non mi permetterei mai di dubitare dell'insegnamento di un così grande maestro. Sarei solo onorato di conoscere il vostro pensiero.»

«Non ho avuto occasione di confrontarmi su questo argomento specifico con Tommaso. La vita ci ha portato su percorsi diversi. Lui studiava, scriveva e insegnava, io inseguivo le volpi che infestano le vigne del Signore...[1] o sogni che si sono trasformati in incubi. Se ne avessimo parlato, gli avrei detto che non serve alcuna dimostrazione dell'esistenza di Dio. Dio esiste per articolo di fede. Anche Tommaso, del resto, era consapevole di aver tentato di dimostrare solo l'esistenza di Dio, ma non la sua essenza. Quando ha dovuto ricostruire l'essenza e gli attributi di Dio, si è infatti servito delle Scritture e della fede. In altri termini, ha cercato di dimostrare che Dio c'è, ma per spiegare come Dio è e quali sono le sue caratteristiche ha utilizzato le Scritture. Però proprio le Scritture ci dicono in ogni pagina che Dio esiste. Dimostrare allora razionalmente la sua esistenza è inutile, forse persino pericoloso. Inutile, perché sai già dalle Scritture che Dio esiste, e questo ti deve bastare. Pericoloso, perché la dimostrazione di Tommaso finisce per riferirsi a un Dio universale, tanto che anche un musulmano potrebbe giovarsi di essa per sostenere che Allah esiste. La nostra fede è invece nel Dio che si è fatto carne ed è venuto ad abitare in mezzo a noi. La nostra fede è in un Dio che è uno e trino, Padre, Figlio e Spirito Santo. La nostra fede è in Cristo, che è morto, risorto e asceso al cielo. Queste verità non sono dimostrabili con la ragione, ma solo con la fede, eppure ciò non le rende meno vere.»

«Potrebbe quindi esserci qualcosa di sbagliato nella dimostrazione di frate Tommaso?»

Yves ripensò alle parole di Pierre de Tarentaise e rispose: «In tutti i tentativi di indagare su Dio può celarsi un'insidia. Del resto, nella mia esperienza non ho mai incontrato un eretico che non

[1] Cfr. Cantico dei Cantici II,15 e Giudici 15,4-5. Il riferimento alle volpi eretiche era spesso utilizzato per giustificare l'opera degli inquisitori.

avesse fede e non cercasse a suo modo Dio. Per quanto sembri paradossale, ho imparato che per essere eretici ci vuole fede. Tommaso ha cercato di indagare su Dio con metodo e intelligenza. Egli certamente non era un eretico, ma alcune implicazioni delle sue idee potrebbero dar fastidio a chi pensa che il fatto stesso di indagare su questo argomento sia un peccato».

«E lo è, *magister*?»

«No, non lo è, se lo si fa con l'amore che pervadeva Tommaso. Ogni innamorato cerca di conoscere meglio la persona amata. In ogni caso, poter dire con sincerità "io credo" dovrebbe bastare. Il resto è inutile.»

Bernard sorrise, rassicurato. «Giusto, *magister*.»

Avevano iniziato la salita verso la rocca di Magentia.

Castello di Magentia, prima dei vespri

Donna Francesca era alta e magra, con i lineamenti regolari, gli occhi scuri e le labbra rosse che spiccavano sull'incarnato pallido. Indossava un abito nero, come ancora in lutto per la morte dello zio Tommaso. Erano in una sala al terzo piano del piccolo castello, poco più di una torre al centro di un borgo fatto di strette viuzze e di casette di pietra addossate le une alle altre. Il gruppo di cavalieri non era passato inosservato e il conte Annibale da Ceccano si era fatto trovare ad accoglierlo ai piedi della rampa di accesso al maniero. Era un uomo sui trent'anni, bruno, la barba nera, lo sguardo determinato. A Yves parve di averlo già visto, ma non era possibile. Poi si rese conto che gli ricordava Umberto di Fondi, come lo aveva conosciuto tanto tempo prima. La considerò una conferma del legame di parentela del suo ospite con il bandito più ricercato del regno di Sicilia, amico del sultano Baybars che tanti lutti stava arrecando alla Cristianità.

Le presentazioni erano state inutili. Il signore di Magentia aveva saputo dell'arrivo da Fossanova del famoso inquisitore e dopo brevi convenevoli aveva condotto i frati all'interno dell'edificio, mentre alcuni servi si occupavano dei cavalli.

La voce di Francesca era dura, quasi maschile. «*Magister*, è un onore avervi qui. Siete venuto per porgermi le condoglianze del vostro Ordine o per indagare sulla morte di mio zio?»

Yves dissimulò la sorpresa per un approccio così diretto e replicò: «La pace sia con voi, madonna. Sono stato a pregare sulla tomba di nostro fratello Tommaso e ora vengo a porgervi le mie personali condoglianze. Pensate che ci sia qualcosa su cui indagare?».

«Non mi stupirebbe se ci fosse. Certo, mio zio aveva ormai quasi cinquant'anni, ma quello che abbiamo visto mi ha fatto dubitare che il suo sia stato un sereno ritorno alla casa del Padre. Un inquisitore esperto come voi potrebbe forse decifrare i segni incerti che si sono manifestati ai nostri occhi.»

«Quali segni, madonna?»

La dama guardò il marito, che le fece un lieve cenno con la testa invitandola a proseguire, quindi disse: «Come avrete saputo, si era fermato qui perché si era sentito male durante il viaggio per Lione. Era accompagnato da due confratelli, Reginaldo da Piperno e Giacomo da Salerno. Noi lo avevamo incontrato un paio di anni fa, dopo la morte di Ruggero dell'Aquila, il conte di Fondi e di Traetto,[2] marito di Adelasia d'Aquino, sorella di mio padre. Ruggero aveva nominato Tommaso esecutore testamentario e Annibale era interessato a questioni relative all'eredità, visto che la contea di Fondi confina con i suoi possedimenti. Ci sono tuttavia ancora vecchie... incomprensioni tra la famiglia di Annibale e re Carlo, così preferimmo non entrare nel regno. Fu quindi mio zio, che si trovava a Traetto, a raggiungerci nei pressi del confine con i territori della Chiesa. Eravamo alla fine di settembre ed egli aveva da poco incontrato il re, affrontando e risolvendo con mani sicure ogni questione ereditaria. Lo abbiamo visto forte, affettuoso e in buona salute. A febbraio ci siamo trovati di fronte un altro uomo. Parlava poco e male, non mangiava, era assorto nei suoi pensieri, tanto da sembrare assente. Qualcosa lo aveva cambiato, *magister*».

«Gli avete chiesto cosa gli fosse capitato?»

[2] Odierna Minturno.

«Certo che gliel'ho chiesto, ma mi ha risposto che era solo molto stanco. Doveva tuttavia sentire che la fine era vicina, perché dopo pochi giorni chiese di potersi trasferire a Fossanova.»

«Ne avete parlato con frate Reginaldo? Era il suo *socius* da tanti anni.»

«Reginaldo era preoccupato quanto me. Anzi, direi che era spaventato, anche se cercava di non darlo a vedere. Sapeva che Tommaso non stava bene e disse che durante il tragitto da Napoli lungo la via Latina, nel tratto a nord di Teano, verso Borgonuovo, aveva urtato con la testa contro il ramo di un albero. Si erano poi fermati ad Aquino, ma mio zio non se l'era sentita di salire fino a Montecassino e aveva risposto per iscritto a un quesito teologico che gli era stato formulato dall'abate.»

«Un quesito teologico? E quale?»

«Reginaldo non me lo ha detto, e se anche l'avesse fatto non sarei stata in grado di capirlo. Si rimisero in viaggio, ma si resero conto che non era possibile proseguire e vennero qui.»

L'inquisitore annuì. «Ho parlato con il priore di Fossanova. Mi ha raccontato delle aringhe...»

«Reginaldo le ha tentate tutte per tirarlo un po' su, ha trovato persino le aringhe... Abbiamo anche chiamato un medico, ma è stato inutile.»

«Alludete all'erborista dell'abbazia, Giovanni da Piedimonte?»

«No, a un medico vero, che ha studiato alla scuola medica di Salerno. Si chiama Giovanni di Guido ed è di Piperno. Ci ha detto di non sapere di che cosa soffrisse mio zio, il quale un paio di giorni dopo è partito per Fossanova.»

«Potrei parlare con questo medico?»

La richiesta poteva significare una cosa sola e Francesca lo comprese. Annuì soddisfatta. «Allora è proprio per questo che siete qui... Invierò subito qualcuno a Piperno. Domani mattina potrete interrogarlo.»

«Vi ringrazio, madonna. Mi è stato detto che vi siete recata a Fossanova quando avete appreso del decesso.»

«Sì, la notizia è arrivata nel pomeriggio e sono andata a Fossanova il giorno dopo. Non potevo ovviamente entrare nel perimetro dell'abbazia, ma l'abate ha fatto portare la salma all'ingresso, sulla strada per Magentia.»

«Il corpo era stato già preparato per il funerale?»

«Immagino di sì. Era vestito con l'abito domenicano e ho notato che il volto era stato spalmato di unguenti.»

«Ricordate l'episodio del mulo?»

«No, quale mulo?»

«Quell'ingresso è vicino alle stalle. Pare che il mulo di Tommaso sia uscito e si sia avvicinato al feretro. È morto anche lui.»

Francesca era perplessa. «Di questo non so nulla, *magister*. Non ho visto alcun mulo mentre ero lì. A volte, comunque, gli animali sono più sensibili degli uomini...»

«Quel giorno avete visto anche Reginaldo?»

«Sì, era lì con l'abate e il priore, seguiva in lacrime il feretro. Sembrava distrutto e non mi ha detto nulla.»

«A Magentia Tommaso celebrava messa?»

«Sì, tutti i giorni, la mattina presto. A proposito, saremmo onorati se domani la celebraste voi, *magister*. Abbiamo una piccola cappella nel castello, ma se preferite c'è anche la chiesa qui vicino.»

«Andrà benissimo la cappella, grazie. Frate Tommaso piangeva durante la celebrazione?»

«Si commuoveva spesso, non solo durante la messa. La sua sofferenza era evidente.»

Quella sera

Avevano cenato in tre, Francesca, Annibale e Yves. Agnello, piselli e vino rosso allungato con acqua. Quando Francesca si alzò, gli altri la imitarono. La donna s'inchinò all'inquisitore. «Vi auguro buona notte.»

Yves rispose con un gesto di benedizione. «La pace sia con voi, madonna.»

Appena il conte e il domenicano furono soli, Annibale disse: «Vi accompagno alla vostra stanza. È su questo piano, la stessa dove ospitammo frate Tommaso».

«Vi ringrazio.»

Si avviarono, ma davanti alla stanza Yves si fermò, come se avesse ricordato qualcosa. «Scusatemi, conte. Le questioni legate all'eredità di Ruggero dell'Aquila di cui parlava vostra moglie e che sono state definite da Tommaso...»

«Sì...»

«Posso chiedervi a che cosa si riferivano?»

«Vecchie contese tra la mia famiglia e i dell'Aquila. Le contee di Fondi e di Ceccano confinano e alcune delle nostre terre sono state occupate da loro.»

«In quella zona non sorgeva anche un borgo chiamato Acquaviva, distrutto da Riccardo dell'Aquila, il padre di Ruggero?»

Annibale si irrigidì, poi rispose con cautela: «È successo oltre cinquant'anni fa. Non pensavo che queste vecchie storie vi fossero note».

«In passato ho avuto modo di occuparmene» replicò l'inquisitore. «Angela da Ceccano era vostra parente?»

Annibale comprese dove il frate stesse andando a parare.

«Era sorella di mio nonno, baronessa di Acquaviva, uccisa con il marito e la giovane figlia da Riccardo dell'Aquila.»

«Era anche madre di Umberto di Fondi, che quindi è vostro zio. Notavo infatti una certa somiglianza.»

Il tono del giovane fu quasi di sfida. «È un crimine, *magister*? Non lo vedo da quasi dieci anni, e allora era il siniscalco del regno di Sicilia, non un bandito.»

«No, non è un crimine. Sarebbe un crimine aiutarlo. È ancora vivo?»

«Non ne ho idea.»

«Già, e anche se l'aveste, non me lo direste. Non preoccupatevi, comunque. Non lo sto cercando. È per questa parentela che i vostri rapporti con re Carlo denotano le incomprensioni di cui parlava donna Francesca e voi siete qui, esule nelle terre della Chiesa?»

Annibale tacque, poi rispose: «La contesa era per Acquaviva e altri territori di confine. Re Carlo ha sempre spalleggiato i dell'Aquila, incarcerati da Federico di Svevia. Ma Umberto di Fondi è ormai solo una leggenda. Gli uomini del re e gli inquisitori di Berengario da Verona stanno cercando un fantasma».

«Berengario...»

«So che è stato un vostro allievo, come il giovane che vi accompagna. Farete anche di lui una belva spietata?» chiese il conte, e si allontanò senza attendere una risposta.

✠ ✠ ✠

Tommaso d'Aquino era seduto di fronte a lui, sorridente, in una delle sale dagli alti soffitti a volta al piano terra del convento di San Giacomo a Parigi.

«È bella Francesca, vero, Yves? In lei ci sono integrità, armonia e splendore. Non ti ricorda Isabelle?»

«Come fai a conoscere Isabelle?»

«Io conosco tutto, ormai.»

«Che ti è successo, Tommaso?»

«Perché ti ostini a chiederlo, Yves? Che senso ha cercare la causa? Ho tentato di dimostrare che Dio è la causa prima, ma avrei dovuto premettere che "secondo me" deve esistere una causa prima. Non era una dimostrazione, perché partivo da un assunto non dimostrato, un po' come aveva fatto Anselmo. No, Yves. Non è questa la via... Me l'ha detto lui.»

«Lui chi?»

Tommaso indicò qualcosa alle spalle di Yves.

L'inquisitore cercò di voltarsi, ma si svegliò. Impiegò qualche istante per realizzare di aver sognato. La stanza era piccola, e dalla feritoia che fungeva da finestra filtrava la luce dell'alba. Si alzò a sedere sulla branda e vide ciò che gli aveva indicato Tommaso.

Al muro era appeso un crocifisso.

23 maggio 1274, mattina

Giovanni di Guido era sui trent'anni, alto, i capelli e la barba rossi, gli occhi intelligenti. Era arrivato al castello di buon mattino e aveva assistito alla messa celebrata da Yves. Dopo la funzione, l'inquisitore gli aveva proposto di fare una passeggiata. Camminavano lentamente per i vicoli del borgo, seguiti da Bernard e da due cavalieri appiedati. Jean de Montfort aveva ordinato che il *magister* non fosse lasciato mai solo e Godefroy de Montreveil lo aveva preso alla lettera. I pochi viandanti che incrociavano salutavano il medico e si inchinavano al frate, che ricambiava con veloci segni di benedizione.

La giornata era splendida. Una leggera brezza arrivava da occidente, portando aria di mare.

Yves esordì dicendo: «Ho saputo da donna Francesca che avete studiato alla scuola di Salerno».

«Sì, ho trascorso lì otto anni, per tre ho studiato logica e letteratura e per cinque medicina, quindi ho ottenuto la lettera patente per l'esercizio del mestiere di medico e sono rientrato a Piperno.»

«Avete quindi cominciato gli studi quando c'era ancora Manfredi.»

«Ero a Salerno quando Carlo lo ha sconfitto a Benevento.»

«Come mai vi eravate trasferito nel regno, lasciando i territori della Chiesa?»

«Non c'era altra scelta. Da queste parti, gli unici che possono studiare medicina sono i monaci. Posso comunque assicurarvi che solo la passione per l'arte medica mi ha spinto nel regno di Manfredi.»

«Tranquillo. Non è per questo che vi ho fatto venire.»

«Che cosa posso fare per voi?»

«Vorrei avere le vostre impressioni sulla malattia di frate Tommaso d'Aquino.»

Giovanni fece un cenno di assenso. «Vi confesso che l'ho pensato subito, quando ieri sera mi hanno informato che volevate vedermi. Eravamo in febbraio. Il conte mi fece chiamare perché frate Tommaso si era ammalato. Quando giunsi al castello, lo trovai al terzo piano. Era riuscito a salire da solo, anche se con molta fatica. Gli sentii il polso, contando fino al centesimo battito. Era molto debole e uno dei frati che erano con lui, Reginaldo, originario di Piperno come me, raccontò che il *magister* aveva preso un colpo alla testa, battendo contro un ramo lungo la strada, e che era rimasto "stupefatto", ricordo che utilizzò proprio questa parola. Quando gli aveva chiesto se si fosse fatto male, aveva risposto: "Un poco", e nient'altro. Una forte botta alla testa può provocare un sanguinamento invisibile nel cranio e portare alla morte. Potrebbe essere stata questa la causa anche di quella condizione di... assenza che manifestava.»

«Avete riscontrato i segni del colpo alla testa?»

«Non evidenti, ma erano passati diversi giorni e l'assenza del gonfiore non esclude la possibilità di un sanguinamento all'interno del cranio.»

«Tommaso si lamentava per il mal di testa?»

«Non si lamentava di nulla. Accettava la sofferenza con grande dignità.»

«Perdeva sangue dal naso o dalle orecchie?»

«No, almeno fino a quando l'ho visto io.»

«Pensate che sia morto per un sanguinamento interno al cranio?»

«È possibile. C'era comunque anche altro...»

«Che cosa?»

«Ho assaggiato le sue urine, sapevano di miele.»

«Che significa?»

«Avicenna, nel *Canon medicinae*, afferma che le urine che sanno di miele segnalano una malattia del fegato e Areteo di Cappadocia la chiama diabete. Anche Galeno l'ha studiata, individuandone invece la causa nei reni.»

«Era già malato, quindi, a prescindere dalla botta in testa?»

«Sì, *magister*.»

«Ne avete parlato con l'erborista di Fossanova?»

«Conosco bene frate Giovanni, Piperno è vicina all'abbazia e spesso collaboriamo. Era d'accordo sul diabete, ma non sembrava convinto che fosse quello il problema.»

«Che cosa pensava?»

«Non me l'ha detto, ma è stato lui a insistere per portarlo a Fossanova.»

«Non era stato lo stesso Tommaso a esprimere il desiderio

di trasferirsi in una casa di religiosi, sentendo imminente la fine?»

«Questo non lo so, può darsi. A me è stato solo comunicato da frate Giovanni che si sarebbero trasferiti all'abbazia e che lì avrebbe provveduto a tutte le cure. Non mi è rimasto che alzare le mani, anche se l'idea di portarlo a dorso di mulo in quelle condizioni non mi è parsa la migliore.»

«Vi siete chiesto, anche in seguito, che cosa pensasse frate Giovanni della malattia di Tommaso?»

«Certo che me lo sono chiesto e, come vi dicevo, l'ho chiesto anche a lui, ma non me l'ha detto.»

«Non gli è sfuggito neppure un commento?»

«Non è tipo da lasciarsi andare a commenti. Ricordo solo una smorfia sul suo volto, quando dissi a donna Francesca che la botta alla testa e il miele nelle urine avrebbero potuto spiegare le condizioni dello zio... Non fatemi aggiungere altro, *magister*. Non ho elementi per affermazioni che potrebbero suonare come un'accusa nei confronti di qualcuno. Dovreste parlarne direttamente con frate Giovanni.»

«Capisco... Un'ultima cosa. Voi conoscevate già Reginaldo?»

«Non di persona. È andato via da Piperno quando ero ancora bambino. Conosco tuttavia i suoi familiari che ancora vivono lì, sono persone oneste e devote. Reginaldo è un predicatore di grande fede e sapienza, e tutto il nostro piccolo paese è fiero che egli sia stato il socio del grande maestro.»

L'inquisitore annuì. «Vi ringrazio, messere, anche per quello che avete cercato di fare per Tommaso.»

Più tardi

Donna Francesca sembrava delusa. «Già ci lasciate, *magister*?»

Erano nella stanza dove lo avevano ricevuto il giorno prima. Annibale attendeva di sotto con i cavalieri della scorta, mentre l'inquisitore era salito insieme a Bernard per congedarsi dalla contessa.

«Sì, madonna. Proseguirò verso Napoli, facendo sosta a Montecassino. Vostro marito ci ha fornito una guida che parla latino.»

«Sì, me l'ha detto. Si chiama Puccio, da piccolo ha studiato a Fossanova. I genitori volevano che si facesse monaco, ma ha un'indole un po' ribelle. Conosce comunque bene il territorio. L'incontro con Giovanni di Guido vi è stato utile?»

«Utile, sì, ma non risolutivo.»

«Frate Tommaso è stato ucciso, vero?»

Yves esitò prima di rispondere: «Non è ancora possibile affermarlo, madonna. Ci sono tuttavia alcuni punti oscuri che dovranno essere chiariti».

Il sorriso di Francesca fu triste. Le parole dell'inquisitore erano per lei una conferma. «Prendeteli, *magister*, e buttateli tra le fiamme dell'inferno» sibilò.

7

Lupi

Monti tra Vallecorsa e Lenola, notte tra il 23 e il 24 maggio 1274

Gli ululati si facevano sempre più vicini e i cavalli erano nervosi. Godefroy de Montreveil accostò un ramo al falò, lo accese e andò verso il bordo della radura agitandolo lentamente, seguito dallo sguardo preoccupato di Bernard.

Erano partiti nel primo pomeriggio da Magentia con Puccio, un giovane basso dall'aria sveglia. Yves gli aveva detto che avrebbero dovuto raggiungere Montecassino in un giorno. Avevano quindi seguito la valle dell'Amaseno per poi proseguire tra i monti, verso Lenola e la vecchia strada romana che congiungeva la via Appia a quella Latina. Scesa la notte, si erano fermati in una radura nel bosco, dove era stato acceso un fuoco ed eretta una tenda per i frati. Gli altri avrebbero dormito all'addiaccio, avvolti nei mantelli. La cena era stata per tutti pane e formaggio di pecora, forniti in abbondanza dal conte di Ceccano.

Yves raggiunse il cavaliere di Montreveil, mentre Bernard restava prudentemente accanto al fuoco.

«Sono in molti?»

«Un bel branco, *magister*. Almeno dieci, forse di più.»

«Strano che si avvicinino tanto.»

«Sono affamati e hanno sentito i cavalli.»

«Pensate che ci attaccheranno?»

Godefroy fece un respiro, poi rispose: «Accenderemo altri fuochi e terremo gli animali al centro della radura. Se i lupi sono furbi, se ne staranno alla larga».

A Yves tornò in mente la fuga notturna con Jean de Montfort tra gli ululati nei boschi di Montecassino, otto anni prima. Erano soli e disarmati, ma il Signore li aveva protetti.

«Non confiderei troppo sulla furbizia di un lupo...»

«Sono furbi. Quando ci sono i cani, è raro che attacchino il gregge. Se questi tuttavia non lo sono, invece della carne di cavallo assaggeranno quadrelle di balestra e acciaio di spada. State tranquillo.»

Tornarono dagli altri e il cavaliere disse ai compagni: «Accendiamo altri fuochi lungo i bordi della radura e teniamo i cavalli al centro. Questa notte non si dorme... Non vale ovviamente per voi, *magister*».

Ma Yves non aveva sonno e, invece di ritirarsi nella tenda, sedette su una pietra vicino al fuoco, fissando pensieroso le fiamme. Bernard lo raggiunse e si accovacciò sull'erba di fronte a lui.

«Posso restare qui con voi?»

«Certo.»

L'inquisitore intonò il *Pater Noster* e lo recitarono insieme. Poi il giovane non seppe più resistere alla curiosità. «Scusate, *magister*, posso rivolgervi una domanda su Giovanni di Guido?»

«Dimmi pure.»

«Non ho compreso perché ha detto che non vuole accusare nessuno.»

«Non ha detto questo, ma che non ha elementi per accusare qualcuno. Si stava riferendo alla smorfia dell'erborista, che poteva essere anche interpretata come un atto di accusa.»

«In che senso?»

«Ripensa a quello che deve essere accaduto. Il medico sta spiegando a donna Francesca che la botta alla testa e il diabete possono giustificare la gravità delle condizioni di Tommaso, e l'erborista fa una smorfia. E poi è proprio il monaco a insistere per portare Tommaso a Fossanova.»

«Non si fidava di Giovanni di Guido?»

«Se il medico avesse percepito nel comportamento di Giovanni da Piedimonte sfiducia nei propri confronti non mi avrebbe riferito l'episodio, rischiando di indirizzare sospetti su di sé. No, Giovanni di Guido su questo era tranquillo. Mi ha lanciato un messaggio preciso.»

«Quale?»

«L'erborista non credeva che Tommaso avesse preso una botta alla testa. Il medico l'aveva capito ma, che lo condividesse o meno, non poteva né voleva dirlo.»

«Perché così avrebbe accusato il suo compaesano Reginaldo?»

«Bravo, Bernard. Se Tommaso non avesse avuto quell'incidente, Reginaldo avrebbe raccontato una bugia. Sul corpo di nostro fratello non ho scorto segni tali da suggerire che avesse battuto la testa, ma era stato molto manomesso. Giovanni da Piedimonte invece lo ha visto vivo, pochi giorni dopo il presunto colpo. E deve anche aver visto qualcosa che lo ha indotto a trasferirlo a Fossanova, forse per poterlo curare meglio con tutte le sue piante.»

«Perché Reginaldo avrebbe dovuto mentire?»

«Glielo chiederemo... Forse ha voluto solo proteggere Tommaso.»

«Non capisco, *magister*.»

L'inquisitore non rispose. La sua attenzione, come quella di tutti, era stata attirata dai rumori che giungevano dal bosco. Nitriti, ringhi, grida.

Non lontano da loro, i lupi stavano attaccando altra gente.

I cavalieri imbracciarono le balestre con le quadrelle già incoccate. I domenicani si alzarono e li raggiunsero.

«Pastori?» chiese Yves a Ruggero di San Floro.

Il cavaliere rispose senza distogliere lo sguardo dalla foresta. «Pastori come noi, *magister*... Vedremo domani mattina.»

All'alba

Era stata una battaglia. L'erba era calpestata e sporca di sangue per un largo tratto ai bordi del sentiero e a terra c'erano le carcasse di diversi lupi.

Henri de Noailhac, uno dei cavalieri francesi, alto, biondo e magro come un chiodo, li raggiunse dopo una rapida perlustrazione. «Sette lupi uccisi a colpi di spada o mazza. Dal sangue, direi che anche i nostri amici hanno avuto dei feriti, ma li hanno portati via.»

«Banditi?» chiese Yves.

Il cavaliere scosse la testa scettico e Godefroy commentò: «Banditi che ci seguivano a cavallo, non hanno acceso fuochi e hanno preferito farsi attaccare dai lupi che svelarsi».

«Quanti erano?» indagò il frate.

Godefroy guardò Noailhac, il quale rispose: «Non è possibile dirlo con precisione. Dalle tracce, direi una ventina».

«Il doppio di noi» commentò Montreveil, «anche se non sappiamo quanti siano ancora in grado di combattere dopo uno scontro del genere.»

Intanto, Ruggero di San Floro estraeva con l'aiuto di un coltello un dardo dalla carcassa di un lupo. «Questa non è la quadrella della balestra di un bandito.»

Yves mormorò: «Ma allora chi erano?».

«Soldati. Ci avrebbero attaccato stanotte. Sono stati i lupi a salvarci.»

Ruggero lanciò la quadrella insanguinata a Godefroy, che la prese al volo e la mostrò all'inquisitore tenendola tra due dita. «Chi vuole uccidervi, *magister*? Sarebbe utile anche per noi saperlo.»

Yves lo guardò senza rispondere.

Più tardi

Il sentiero costeggiava le pendici del monte. Sulla destra, oltre la piccola valle sotto di loro, una cima era occupata da alcuni ruderi, seminascosti dalla vegetazione. Yves li indicò a Puccio, che lo affiancava in groppa a un asino. «Che sono quelle rovine?»

«Ciò che resta di Acquaviva, *magister*.»

«Acquaviva?»

«Sì, fu distrutta tanti anni fa. Da allora, è solo un ricovero per i pastori e le serpi.»

«Come ci si arriva?»

«Più avanti una montagna chiude la valle. Sotto, c'è la piana di Fondi. Noi proseguiremo verso sinistra, per Lenola e la strada romana. Il sentiero per Acquaviva è invece a destra. Da lì, sono meno di due miglia.»

L'inquisitore spronò il mulo e affiancò Godefroy, che cavalcava in testa.

«Sire di Montreveil, dobbiamo fare una deviazione e raggiungere quel borgo. Secondo Puccio c'è un sentiero, più avanti a destra.»

Il cavaliere si voltò a guardare Acquaviva, poi il monte davanti a loro, quindi osservò: «Non è prudente, *magister*. Dovremmo poi tornare indietro e, se quei tipi ci stessero ancora seguendo, potrebbero tenderci un agguato».

Yves rifletté, poi replicò: «Avete ragione. Solo io e Bernard raggiungeremo il borgo. Puccio ha detto che è vicino. Voi vi nasconderete tra gli alberi nei pressi del bivio e, ove dovessero arrivare, li coglierete di sorpresa. Se possibile, prendetene uno vivo».

✠ ✠ ✠

Mura sbrecciate e case senza tetti assediate dalla vegetazione, macine di pietra per l'olio riverse tra l'erba alta. Sotto di loro, a occidente, la pianura con un lago e il mare sullo sfondo. Acquaviva era proprio come Yves l'aveva immaginata. Un borgo fantasma che la natura stava riconquistando. Non c'era nessuno. A terra, segni di fuochi recenti. Pastori che avevano trascorso la notte lì.

Il domenicano salì fino alla sommità e si addentrò tra le pietre di quella che sembrava essere stata la casa più grande, probabilmente la residenza del barone e della sua famiglia.

Chiuse gli occhi e recitò un *requiem* per le anime di quelli che erano morti lì, mezzo secolo prima. Gli sembrò di vedere ciò che era accaduto. L'attacco sanguinario e Umberto che assiste impotente all'eccidio dei suoi cari. All'epoca doveva essere poco più di un bambino, eppure era riuscito a scappare per le montagne infestate dai lupi, fino a raggiungere la corte di Federico di Svevia. Era così diventato Umberto di Fondi, uno dei più pericolosi nemici della Cristianità. Tra quelle rovine, Yves comprese qualcosa in più su quell'uomo. Sicuramente era lì che aveva imparato a odiare. Si segnò.

Bernard, che era rimasto più in basso dopo aver legato i muli a un albero, vedendo l'inquisitore appoggiato a un muro, si avvicinò preoccupato.

«Tutto bene?»

«Sì, sì, tutto bene.»

«Stiamo cercando qualcosa?»

«Non qualcosa, ma qualcuno, e penso di averlo trovato.»

Il giovane si guardò intorno perplesso. «Non capisco, *magister*. Qui non c'è nessuno.»

«Non importa, Bernard. Andiamo via.»

✠ ✠ ✠

Godefroy li aspettava da solo, seduto su un sasso all'ombra di una quercia, dietro un carro con degli ortaggi al quale era aggiogato un asino. Si alzò vedendoli arrivare.

«Niente, *magister*, solo un villico che ci seguiva su questo carretto. L'abbiamo fermato per consentirvi di interrogarlo. Venite.»

S'infilò nel bosco, seguito dai domenicani. Gli altri cavalieri erano nascosti tra gli alberi. Due di loro sorvegliavano un uomo basso, sui trent'anni, vestito con una lacera casacca che un tempo doveva essere stata bianca. Ai piedi aveva i tipici calzari di quelle zone, fatti con panni avvolti in stringhe di cuoio, chiamati ciocie. Sembrava spaventato.

Alla vista dei religiosi, s'inchinò facendosi il segno della croce. Yves si rivolse a Puccio: «Non vogliamo fargli del male e lo lasceremo andare. Deve solo dirci da dove viene e se lungo la strada ha incontrato qualcuno».

Puccio parlò, l'uomo rispose e il giovane tradusse: «Viene dai campi sotto Vallecorsa ed è diretto a Lenola. Non ha incontrato nessuno».

Il frate si avvicinò e aprì le mani mostrando i palmi. «Deve farmi vedere le mani.»

Puccio riferì e l'altro imitò subito il domenicano, il quale osservò: «Mani di contadino, non di soldato. Digli che può andarsene, e anche noi possiamo riprendere il viaggio».

Il contadino si profuse in un altro inchino, prima di allontanarsi verso il carretto.

Bernard, intanto, chiedeva: «Ma allora quelli che ci seguivano che fine hanno fatto?».

Rispose Godefroy: «Si staranno leccando le ferite, probabilmente. Forse non ne sono rimasti illesi abbastanza per attaccarci e hanno rinunciato».

«Oppure non hanno bisogno di seguirci, perché sanno già dove stiamo andando» soggiunse Yves.

A quelle parole, Godefroy volse lo sguardo verso Puccio, il quale esclamò: «Non fatevi venire strane idee. Io non ho detto a nessuno della nostra destinazione!».

L'inquisitore intervenne: «Annibale da Ceccano dispone di uomini armati?».

Il giovane arrossì, ma replicò con fermezza: «Non può essere stato lui. È un devoto cristiano. Sarebbe una follia, e lui non è un folle!».

«Ma era l'unico a sapere dove eravamo diretti e nello stesso tempo a disporre di forze in grado di attaccarci...»

Puccio iniziò a piagnucolare. «Non è così! State commettendo un errore. Io comunque non ne so niente!»

«Ci stai conducendo in un'altra trappola? Dimmi la verità, o mio malgrado sarò costretto a ricorrere alle *quaestiones*.»

«Vi prego, credetemi! Potrete anche torturarmi o uccidermi, ma non potrò dirvi quello che non so.»

Yves scosse la testa. «In questo ti sbagli. A volte, chi viene sottoposto alle *quaestiones* confessa anche quello che non sa. Per il momento, non sarà comunque il tuo caso. Procediamo per la strada che ci hai indicato ma, se dovessimo cadere in un'imboscata, tu sarai il primo a morire. Sire di Montreveil, ve l'affido. Ora possiamo andare.»

Montecassino era illuminata dal sole al tramonto. Il viaggio era proseguito senza incidenti ed erano ormai a un paio di miglia dalla collina sulla quale sorgeva l'abbazia. Avrebbero pernottato a San Germano e sarebbero saliti la mattina dopo.

Yves era pensieroso. Da quando avevano lasciato la zona montagnosa non aveva più detto una parola. Bernard riteneva di averne intuito il motivo e, quando fu certo che gli altri non potessero sentirli, formulò una domanda diretta: «Scusatemi, *magister*, e se Puccio avesse detto la verità e quegli uomini non fossero stati inviati dal conte di Ceccano?».

L'inquisitore lo guardò, come indeciso se rispondergli, poi ammise: «È proprio questo che mi preoccupa, Bernard... Se Annibale fosse innocente e quelli non fossero stati banditi, le implicazioni sarebbero diaboliche».

Il giovane ci aveva pensato anche lui. «Qualcuno ci avrebbe tradito.»

8

Montecassino

Abbazia di Montecassino, 25 maggio 1274, mattina

Erano passati circa quattro anni dall'ultima volta che Yves aveva incontrato l'abate Bernard d'Ayglier, incaricato da Carlo d'Angiò di rifondare l'abbazia dopo la dominazione sveva. Si erano visti in occasione di un funerale: la sosta a San Germano del corteo che risaliva mestamente la penisola italiana con le ossa di re Luigi di Francia, morto a Tunisi. L'abate aveva benedetto i poveri resti, scambiando solo poche parole con il domenicano. Si erano salutati commossi, pensando entrambi che fosse un addio. La volontà del Signore era stata tuttavia ancora una volta imperscrutabile e ora, dopo i convenevoli di rito prescritti dalla Regola benedettina per l'accoglienza degli ospiti, i due vecchi amici passeggiavano da soli sotto il *paradisum*, come i monaci chiamavano il porticato della basilica.

Bernard era basso e magro, con pochi capelli e, malgrado l'età, aveva le movenze di un furetto. Parlò in francese: «Avevo sentito che ti eri ritirato in Bretagna. Si erano sbagliati?».

«Non si erano sbagliati. Mi ero ritirato a Morlaix e pensavo di concludere lì la mia esperienza terrena, chiedendo perdono per i miei peccati, ma sono stato richiamato e ho obbedito.»

«Immagino chi sia stato a richiamarti. Se ti può consolare, ha voluto che mi recassi di persona in Sicilia ad accogliere gli ambasciatori dell'imperatore bizantino diretti a Lione e che li scortassi fino ai confini del regno, temendo che Carlo li facesse uccidere. Mi ha inoltre ordinato di non partecipare al Concilio e di restare qui, pronto a riceverli al loro ritorno per accompagnarli a Costantinopoli con un suo messaggio per il *basileus*. Ha ora deciso di inviare te al posto mio? Ne sarei felice.»

«No, mio caro Bernard, dovrai affrontare il viaggio fino a Costantinopoli. Sono qui per altro.»

L'abate ci pensò, poi esclamò: «Ma certo! Vuole che tu investighi sulla morte di Baldovino di Courtenay. Brutta storia. È morto a ottobre in Terra di Bari dopo una cena, con altri sette commensali. Funghi velenosi, dicono. Proprio alla vigilia del Concilio».

Yves tacque. Il benedettino lo prese per un assenso e proseguì: «A cinquantasei anni, Baldovino era ormai vecchio e a Lione avrebbe approvato l'accordo con i bizantini, rinunciando a una corona che non avrebbe mai potuto riconquistare. Il che ovviamente non avrebbe fatto piacere al nostro buon re».

«È stato Carlo a farlo avvelenare?»

«Questo non lo so. Può anche darsi che, effettivamente, sia stata solo la gola a perderlo. La sua fine non poteva tuttavia venire in un momento migliore per il re, che ora può innalzare direttamente lo stendardo dell'impero latino di Costantinopoli.»

«Vedremo. Ne parlerò con Berengario.»

«Sicuramente il tuo allievo sa tutto, dirigendo gli inquisitori del regno. Ecco perché Gregorio ha mandato te.»

Yves cambiò argomento e l'altro pensò a un modo elegante per non violare il riserbo al quale era tenuto.

«Hai saputo della morte di Tommaso?»

«Poveretto! Pensa che era passato da qui pochi giorni prima di morire.»

«Pochi giorni prima?»

«Ma sì, più o meno un mese prima. Agli inizi di febbraio, se non ricordo male.»

«Come lo hai visto?»

«Non l'ho visto. Siamo stati avvisati dai domenicani del convento di San Germano, che proprio Tommaso mi aveva chiesto di aprire cinque anni fa, scrivendomi da Parigi. Era in viaggio per Lione con un paio di frati, il decano della cattedrale di Teano e suo nipote. Appena lo seppi, gli inviai due confratelli con l'invito a salire all'abbazia per illuminare i monaci sul rapporto tra prescienza divina e libertà umana trattato da san Gregorio nell'opera *Moralia in Iob*.[1] Egli tuttavia si era fermato per la notte ad Aquino, dove la sua famiglia ha un castello, a circa otto miglia da San Germano. Fu lì che i miei lo raggiunsero.»

«Ma non venne.»

«No. Era troppo stanco per salire fino all'abbazia, però diede la sua disponibilità a fornire una risposta scritta.»

«Era malato? Che cosa ti riferirono i tuoi?»

«Non lo videro. Tornarono all'abbazia e io gli inviai il volume. Lo consegnarono a Reginaldo, che la mattina dopo lo restituì dicendo che il *magister* aveva annotato a margine del testo la sua risposta.»

«Conosci Reginaldo?»

«Si fermò qui con Tommaso nel settembre del 1272, mentre scendevano verso Napoli. Con loro, all'epoca, c'era anche un altro giovane predicatore, mi sembra che si chiamasse Tolomeo.»

«Posso vedere il libro con le annotazioni di Tommaso?»

L'abate sembrò sorpreso. «Perché?»

«Perché ho già letto quello che Tommaso aveva scritto su quel brano di Gregorio Magno e sono curioso di vedere se c'è stata un'evoluzione nel suo pensiero. Inoltre, sono con un giovane confratello, Bernard de Guyonne, molto devoto e studioso. Meditare su un brano scritto da Tommaso sarebbe per lui un'eccezionale esperienza formativa.»

Non lo aveva convinto. L'amico lo guardò perplesso, poi chiese, serio: «Che sta succedendo, Yves? Perché sei tornato?».

«Mostrami quel libro, Bernard.»

Più tardi

«Al reverendo Padre in Cristo, il signor Bernardo, per grazia di Dio venerabile abate di Cassino, frate Tommaso di Aquino, suo devoto figlio, sempre e dovunque pronto all'obbedienza...»

[1] *Questioni morali in Giobbe.*

Yves leggeva ad alta voce la scrittura sottile ai margini del testo sul prezioso codice, davanti ai due Bernard, l'abate benedettino e il giovane domenicano. Erano soli nello *scriptorium*. L'inquisitore lo conosceva bene. Il suo cuore aveva accelerato i battiti varcando l'ingresso sovrastato dallo stemma a forma di cane e rivedendo la grande sala con i tavoli di legno dove aveva lavorato Enrico d'Ivrea, il copista benedettino che l'aveva accompagnato nove anni prima con Jean de Montfort.

«... Venerando Padre, avrei preferito, una volta convocati i fratelli rimasti scandalizzati dalle parole dell'illustre dottore Gregorio, poter rispondere a viva voce, ma la lunghezza dell'ufficio divino e il prolungamento del digiuno me lo hanno impedito. Forse questo risulterà fruttuoso, perché ciò che viene affidato alla parola scritta potrà essere di utilità non soltanto ai presenti, ma anche ai posteri. Né ritengo quanto avvenuto al di fuori della divina Provvidenza, dal momento che, mentre ero in viaggio verso la Gallia, le vostre lettere mi avevano raggiunto in Aquino, luogo in cui il beato Mauro, discepolo del santissimo Padre nostro Benedetto e da Lui inviato in Gallia, meritò di ricevere lettere e sacri doni di così grande Padre...»

Il domenicano continuò a leggere. Il testo non era molto lungo e quando ebbe finito si rivolse al giovane allievo per spiegarne il significato.

«Il tema è quello del rapporto tra l'infallibilità della prescienza divina e la libertà umana. Come può conciliarsi il fatto che Dio conosce tutto – passato, presente e futuro – con la libertà dell'uomo di salvarsi o di perdersi? La risposta è che le azioni umane non sono necessitate da Dio, ma comunque libere, e che la conoscenza anticipata di Dio di ciò che accadrà all'uomo non è assoluta, ma limitata e condizionale. In altri termini, se Dio ha prescienza di qualcosa, quella si verificherà, ma non necessariamente dipenderà dalla sua volontà, essendo l'uomo libero di agire e di peccare. Così si spiegano le parole di san Gregorio, secondo cui Dio onnipotente conosce in anticipo il momento della morte di ognuno e nessuno potrà morire se non in quel momento, preconosciuto da Dio. Ciò non significa, tuttavia, che l'uomo non sia libero. Come hai sentito, si fa anche un esempio: se vedo Pietro sedersi, ciò non significa che egli si siede perché io lo sto vedendo. In altri termini, io non apporto alcuna necessità al suo gesto. E così fa Dio. Conosce ciò che avverrà e quando avverrà, ma non vi apporta alcuna necessità, in modo da lasciare l'uomo libero di salvarsi o di perdersi.»

«Una spiegazione straordinaria, *magister*.»

Yves guardò l'abate. «In sostanza, non si aggiunge nulla di nuovo a quello che aveva già sostenuto Boezio e che Tommaso aveva ripreso in altre opere.»

Il benedettino osservò: «È quindi una conferma».

«Già, ed è molto strano che proprio lui, grande appassionato di libri, abbia annotato le sue osservazioni su un volume così prezioso, che non era nemmeno suo. Questa scrittura inoltre non mi sembra di Tommaso, il quale aveva una grafia illeggibile e per guadagnare tempo era solito abbreviare le parole.»

«Vuoi dire che non ha scritto direttamente lui?» replicò l'abate. «Forse non stava bene e l'ha dettato a Reginaldo, che non avendo fogli di papiro o di pergamena ha utilizzato direttamente il libro.»

La risposta dell'inquisitore fu un'occhiata scettica. Riesaminò il volume e disse: «La data è il 4 febbraio e si allude a un digiuno che si stava prolungando, ma ancora non era iniziata la Quaresima. Che giorno era il 4 febbraio?».

Dopo un po', fu Bernard de Guyonne a rispondere: «Era domenica, *magister*».

Sulla via Latina tra Borgonuovo e Teano, 26 maggio 1274, mattina

Godefroy de Montreveil raggiunse al galoppo gli altri. Era rimasto indietro, per verificare se qualcuno li seguisse. Erano partiti dall'abbazia subito dopo le laudi, pregando l'abate di trattenere Puccio per un paio di giorni prima di lasciarlo andare.

Il cavaliere francese arrestò il cavallo davanti all'inquisitore e disse: «Nessuno, *magister*».

Il domenicano non parve sorpreso. Si guardò intorno, la strada era dritta e lastricata di grosse pietre. Ai bordi vi erano alberi e campi rigogliosi.

«Questa è la via percorsa da Tommaso agli inizi di febbraio. L'antica via Latina dei romani. Sire di San Floro, voi intendete la lingua di questi luoghi?»

Ruggero rispose: «Sì, *magister*, non è dissimile dal napoletano».

«Allora precedeteci con un paio di cavalieri e chiedete a quelli che abitano lungo la strada se quest'inverno vi fosse un ramo sporgente sulla strada tra Borgonuovo e Teano, contro il quale qualcuno in groppa a un mulo potesse andare a sbattere.»

Il cavaliere esitò, come se temesse di non aver compreso, poi chiese: «Un ramo sporgente, *magister*?».

«Proprio così. In caso affermativo, fatevi mostrare dov'era e aspettateci lì, altrimenti ci attenderete a Teano, davanti alla cattedrale.»

«Benissimo. Gerardo, Antonio, con me!»

Si avviò al piccolo galoppo e due cavalieri lo seguirono.

Vedendoli allontanarsi, Bernard chiese: «Scusate, *magister*, pensate davvero che riescano a trovare qualcosa, a distanza di mesi?».

«No, Bernard. Non lo penso, ma per arrivare alla verità non si deve aver timore di compiere verifiche che potrebbero rivelarsi inutili.»

Più tardi, a Teano

Il decano del capitolo della cattedrale di San Terenziano, Guglielmo, non era più anziano di Yves, ma la folta barba bianca lo faceva sembrare un vegliardo. Era chiaramente intimorito da ciò che stava accadendo. Aveva sentito parlare dell'inquisitore francese che aveva accompagnato re Carlo alla conquista del regno, ma non avrebbe mai pensato di trovarselo davanti nella sua sagrestia, accompagnato da cavalieri armati fino ai denti.

«È un onore ricevervi, *magister*. In che cosa posso esservi utile?» disse con voce malferma.

Yves cercò di essere rassicurante: «Vi ringrazio, reverendo. Siamo diretti a Napoli, e ho voluto sostare qui per una breve preghiera nella vostra splendida chiesa».

Guglielmo piegò le labbra in un sorriso mostrando la bocca sdentata, ma gli occhi esprimevano ancora diffidenza e timore. «Ma certo. Pregheremo insieme.»

«Per l'anima del nostro povero fratello, Tommaso d'Aquino. Ho saputo che lo avete incontrato.»

Il decano esitò, poi disse: «Sì, *magister*. Ai primi di febbraio è passato da qui, diretto a Lione. Era con due fratelli e l'ho accompagnato fino ad Aquino con mio nipote Roffredo. Abbiamo poi appreso che si era fermato a Fossanova e del suo ritorno alla casa del Padre».

«Come stava? Era malato quando lo avete incontrato?»

«No, non direi malato. Parlava poco, sembrava distratto, ma il suo socio, frate Reginaldo, mi disse che gli accadeva spesso quando era assorto nella meditazione delle Scritture.»

«Avevate conosciuto Tommaso in precedenza?»

«Lo avevo incontrato una sola volta, due anni fa. Andando a Napoli si era fermato a Teano.»

«Quest'anno avete notato in lui qualcosa di diverso rispetto ad allora?»

Guglielmo aveva ormai compreso la ragione di quella visita. Ci pensò, poi disse: «Era come... più triste».

«Eravate con lui quando ha battuto la testa?»

«Sì. Eravamo tra Teano e Borgonuovo, verso San Germano. È una zona dove in inverno c'è molto vento, a volte talmente forte da spezzare i rami degli alberi. Proprio uno di questi ha colpito alla testa il *magister*, che non riusciva più a stare in sella. Si è ripreso subito, ma ci siamo tutti molto preoccupati.»

«Era un ramo grosso?»

«Non l'ho visto. Quando è stato colpito ero davanti, con il cappuccio alzato. Non credo comunque che fosse grosso.»

«Tommaso aveva il cappuccio alzato?»

«Sì, come tutti noi. Il vento era gelido, eravamo alla Candelora.»[2]

[2] Il 2 febbraio.

«Aveva ferite, perdeva sangue?»

«No. Era solo leggermente intontito. Ricordo che Reginaldo gli chiese se si fosse fatto male e lui rispose: "Un pochino".»

«Quando siete arrivati ad Aquino?»

«Quella sera stessa.»

«Vi siete fermati a San Germano?»

«Sì, abbiamo fatto sosta nel convento domenicano, ma non abbiamo pernottato lì. Reginaldo ha voluto proseguire e ci siamo fermati ad Aquino.»

«Eravate lì quando sono arrivati i monaci benedettini?»

«Sì, ma non siamo rimasti a lungo. Siamo ripartiti la mattina dopo.»

Yves rifletté, poi disse: «Vi ringrazio, reverendo. Ora possiamo andare a pregare».

«Certo. Posso solo chiedervi che cosa sta succedendo?» replicò il decano.

«Potete chiedere, sì, ma io preferisco non rispondere.»

9

Napoli

Napoli, convento di San Domenico, 26 maggio 1274, all'ora dei vespri

La voce nasale era inconfondibile. «*Pax vobiscum, magister!* Che bella sorpresa vedervi!»

Yves sollevò gli occhi dal volume miniato con il Vangelo di Marco aperto sul leggio della sala capitolare e li posò su frate Berengario da Verona, da otto anni inquisitore designato dal papa nel regno di Sicilia. Il suo allievo era ormai diventato un uomo. Alto, magro, il naso aquilino, a Yves ricordava sempre più il suo vecchio maestro, Mathieu de Bourbon. Anche il carattere era per certi versi simile. Spietato, ma vulnerabile alle passioni.

«*Pax tecum*, Berengario. Non ti aspettavi che inviassero qualcuno?»

«Non mi aspettavo voi...»

«A dire la verità, non me lo aspettavo nemmeno io, ma questa è stata la volontà del papa e di Bonaventura da Bagnoregio.»

«Quando siete arrivato?»

«Poco fa. Sono sbarcato a Terracina e mi sono già recato a Fossanova, Magentia, Montecassino e Teano. Mi hanno accompagnato Jean de Montfort con i suoi cavalieri e un nostro giovane fratello di Morlaix, Bernard de Guyonne.»

«Jean è qui?»

«No, è rientrato a Lione.»

«Perché?»

«Deve rintracciare l'erborista di Fossanova, che ha accompagnato al Concilio l'abate.»

L'altro sembrò illuminarsi. «Sospettate di lui?»

«Nella sua erboristeria custodiva un rarissimo libro sui veleni di cui pensavo di aver bruciato l'unica copia esistente, ed è lui che si è occupato di Tommaso fino alla fine. Potrebbe sapere qualcosa, ma non penso che l'abbia ucciso. In ogni caso, anche alla luce del tuo ufficio, preferisco non condizionarti con quelli che potrebbero essere solo sospetti infondati.»

«Capisco.»

Yves colse il tono deluso dell'allievo. Esitò, come indeciso, poi soggiunse: «Scusami, Berengario. In questi giorni si sono accumulate tante domande e poche risposte, e io stesso sono confuso».

L'altro annuì, poco convinto. «Certo, *magister*, non dovete giustificarvi. Ditemi in cosa posso esservi utile.»

«Che cosa sai della fine di Tommaso e di Baldovino di Courtenay?»

«Della morte di frate Tommaso, quello che ci ha raccontato Reginaldo da Piperno quando è tornato da Fossanova e che immagino voi abbiate già potuto ricostruire. Per quanto riguarda Baldovino, è morto a Barletta, in Terra di Bari, dopo aver mangiato funghi velenosi. Almeno questa è la versione che è stata data dagli uomini del re.»

«È morto nel momento più opportuno per Carlo d'Angiò.»

«Su questo non ci sono dubbi. Si dice che Baldovino fosse già pronto a partire per Lione e a rinunciare al trono imperiale di Costantinopoli per favorire la riconciliazione con i greci voluta dal papa. Quel trono lo aveva comunque perso da tempo. Ciò non poteva far piacere al nostro re, che si era fatto paladino dei diritti di Courtenay, né ai veneziani suoi alleati.»

«Ci sono elementi concreti su un ruolo di Carlo nella morte di Baldovino? Qualcuno ha condotto un'inchiesta?»

«No, *magister*. Non è materia che rientri nella nostra competenza. Se c'è stata un'inchiesta, è stata condotta dai funzionari regi, ma non ne abbiamo saputo nulla.»

«Il conestabile del regno è sempre de Noyelles?»

«Sì. L'incarico di protonotario è invece ancora vacante, ma lo esercita Sparano da Bari.»

«Sarà difficile riuscire ad accertare qualcosa. Parlerò comunque con il re. Raccontami ora di Tommaso. Come si trovava qui a Napoli?»

«Penso bene, almeno all'inizio. Lo incontravo poco, solo alle *vigiliae* e al refettorio. Era sempre molto cordiale. Le sue giornate erano tutte dedicate alle lezioni dell'università e alla stesura delle sue opere. Riusciva a lavorare contemporaneamente su più testi. Nel periodo quaresimale dello scorso anno, l'arcivescovo d'Ayglier, fratello del vostro amico abate, gli aveva chiesto di tenere dei sermoni nella cattedrale ed egli lo ha fatto, parlando in volgare al popolo. Sulla vita che conduceva al convento potete comunque sentire Reginaldo, che era la sua ombra. Il priore Tommaso è invece a Lione per il capitolo generale del nostro Ordine. Nemmeno io potrò esservi di grande aiuto in questo. Sono stato assente da Napoli per lunghi periodi. Organizzare il nostro gravoso ufficio nel regno non è semplice. Ora, per esempio, abbiamo problemi nel sud, con alcuni seguaci delle tesi eretiche di Gerardo da Borgo San Donnino. Ne abbiamo bruciati parecchi, tuttavia la Chiesa dovrebbe avere il coraggio di estirpare la pianta dalle radici e condannare anche le tesi di Gioacchino da Fiore, l'eresiarca da cui tutto ciò è stato originato. È a lui che si è ispirato Gerardo nell'introduzione al suo presunto Vangelo eterno, indicando l'Ordine francescano come l'Ordine dei giusti destinato a governare la Chiesa nell'Era dello Spirito Santo, che secondo Gioacchino seguirà quella del Padre, espressa dal Vecchio Testamento, e quella del Figlio, espressa dal Nuovo Testamento. Il convento di San Giovanni in Fiore fondato da Gioacchino, nel *Brutium*, è un covo di eretici e andrebbe bruciato con tutti i suoi abitanti. Potreste spiegarlo voi al papa?»

«Gerardo è in prigione a Parigi. Non lo hanno bruciato, ma finirà i suoi giorni in carcere. Il discorso su Gioacchino è più complesso. Le sue tesi non sono di per sé eretiche ma, come spesso accade, c'è chi le interpreta a modo suo, scivolando nell'eresia... Tu hai letto le ultime opere di Tommaso?»

Berengario rispose con una domanda. «Perché me lo chiedete?»

«Giovanni da Vercelli mi ha detto che negli ultimi mesi era cambiato. A sentire lui, gli era accaduto qualcosa di malsano e forse l'argomento dei suoi studi gli aveva sconvolto la mente. Non ti sei accorto di nulla?»

Il giovane fece un lungo respiro, poi disse: «Nell'ultimo periodo effettivamente sembrava diverso. Era meno gioviale, più silenzioso. Da dicembre aveva anche smesso di scrivere e a gennaio si era recato per qualche giorno da sua sorella Teodora, la contessa di Marsico, a San Severino, vicino Salerno. Era appena rientrato a Napoli quando è giunta la convocazione per il Concilio... Per rispondere comunque alla vostra domanda, come inquisitore della pravità eretica nel regno non ho ritenuto di dover esaminare gli scritti di un nostro insigne e devoto fratello, oltretutto vostro amico. So bene che a Parigi e a Oxford c'è chi pensa che nelle sue tesi si celino insidie eretiche, ma qui siamo a Napoli, il luogo dove Tommaso è stato ordinato frate trent'anni fa dal fondatore di questo convento, Tommaso Agni da Lentini».

«È stato Giovanni da Vercelli a chiederti di non interessarti di lui, vero?»

Berengario non nascose il suo imbarazzo. «Ve l'ha detto?»

«Me l'ha fatto comprendere e tu me l'hai appena confermato. A causa degli attacchi del vescovo Tempier e dei teologi francescani, Tommaso a Parigi era diventato una presenza ingombrante per il nostro Ordine, così lo hanno esiliato qui. Un esilio per lui gradevole, ma pur sempre un esilio. Ha continuato a lavorare con la consueta lena e Giovanni, in preda ai sensi di colpa per non aver difeso il nostro miglior teologo, ti ha chiesto di non interessarti del suo lavoro. È la solita ambiguità. D'altra parte, un coniglio non può ruggire. Se al suo posto ci fossero stati san Domenico, Umberto di Romans o Giovanni Teutonico, Tommaso insegnerebbe ancora a Parigi.»

«Ho sbagliato, *magister*?» chiese il giovane. «Avrei dovuto vigilare su ciò che scriveva frate Tommaso?»

«No, non hai sbagliato. Tommaso non può aver scritto nulla di male... Come erano i suoi rapporti con il re?»

«Per quanto a mia conoscenza, molto buoni. Si erano incontrati poco dopo che frate Tommaso era arrivato nel regno, credo per le questioni ereditarie del conte di Fondi. Il re era rimasto molto colpito dalla sua intelligenza e dalla sua sapienza. Stabilì che ogni mese fosse versata al priore un'oncia d'oro per le sue lezioni. Ho anche sentito dire che il re e il *magister* si sono incontrati poco prima della partenza per Lione. Non so se sia stato nostro fratello a recarsi da lui per salutarlo o il re a convocarlo. Pare che Carlo gli abbia chiesto: "Frate Tommaso, che cosa direte al papa di me?", ed egli abbia replicato: "Semplicemente la verità".»

Yves pensò che una risposta del genere sarebbe stata tipica del Tommaso che aveva conosciuto. Era la prima traccia di quell'uomo da quando aveva iniziato l'indagine.

«Chi te l'ha raccontato?»

«Ne parlavano alcuni fratelli in convento. Forse il priore e Reginaldo ne sanno di più.»

«Conoscendo Carlo, immagino che una simile replica lo abbia preoccupato.»

Berengario sorrise. «Il re ha molti segreti. Può aver temuto che il *magister* ne conoscesse qualcuno e lo rivelasse al papa?» commentò.

«Tommaso poteva aver saputo qualcosa sulla morte di Baldovino?»

«Lo ignoro, *magister*, ma, come sapete, il re è per indole molto sospettoso e potrebbe averlo pensato.»

«Hai ragione... Non conta ciò che Tommaso voleva dire, ma quello che Carlo ha capito.»

Yves rifletté per qualche istante, poi disse: «Vieni con me. Raggiungeremo Bernard de Guyonne e gli uomini di Jean al refettorio. Mangerò anch'io qualcosa, poi i cavalieri potranno sistemarsi nella foresteria. Voglio invece vedere questa sera stessa Reginaldo da Piperno, e assisterai anche tu all'interrogatorio».

«Vi ringrazio per la fiducia, *magister*.»

«Risparmiami la tua ironia, Berengario.»

Più tardi, dopo compieta

Reginaldo da Piperno aveva circa quarantacinque anni, il volto rotondo, gli occhi sporgenti e il naso affilato. Yves lo ricordava prendere appunti durante le lezioni di Tommaso a Parigi, ma non aveva mai scambiato una parola con lui. Ora appariva smagrito, stanco e spaventato. Erano in quattro in una sala al piano terra del convento, seduti intorno a un tavolo sul quale erano accese due grandi candele. Da un lato, il *socius* di Tommaso d'Aquino, dall'altro l'anziano inquisitore, con Berengario a destra e Bernard a sinistra. Quest'ultimo, onorato di poter assistere, si era procurato un foglio di pergamena e uno stilo, come per redigere un verbale di interrogatorio. La vista di quegli oggetti aveva accresciuto il disagio di Reginaldo.

Fu Yves a esordire: «Ci siamo conosciuti a Parigi, ricordi?».

«Sì, il *magister* aveva stima di voi e vi annoverava tra i suoi pochi amici.»

«Anche per me era un amico. Sono ora qui su incarico del papa per accertare le cause della sua morte.»

Reginaldo apparve sorpreso. «Perché? Che cosa c'è da accertare?»

«Secondo te è tutto chiaro?»

«Si è ammalato e il Signore lo ha chiamato a sé. Si nasce e si muore.»

«È quanto hai riferito a Giovanni da Vercelli» replicò Yves con durezza. «Se sono qui è perché non è stato ritenuto sufficiente. Prima di venire a Napoli sono stato a Fossanova, Magentia, Montecassino e Teano, ripercorrendo il vostro ultimo itinerario e parlando con le persone che avete incontrato in quei luoghi. So quindi già molto e non voglio perdere tempo. Mi occorrono solo alcune conferme. Devo ricordarti, innanzitutto, che sei tenuto a dire la verità. Mentire a un inquisitore, anzi a due inquisitori nell'esercizio del loro santo ufficio, comporta la scomunica immediata. Ti è chiaro, Reginaldo?»

Il domenicano deglutì prima di rispondere: «Sì, *magister*».

«Bene. Allora iniziamo dalle questioni più semplici. Sei stato tu a scrivere la lettera all'abate Bernard d'Ayglier per commentare il brano di san Gregorio?»

«Sì.»

«Perché?»

«Il *magister* stava male e non sarebbe stato in grado di farlo. Era un tema che egli aveva già affrontato e che conoscevo bene. Potevo rispondere come avrebbe fatto lui. Non volevo rendere nota la sua infermità, speravo ancora che si riprendesse. Volevo proteggerlo.»

«Sì, penso anch'io che tu volessi proteggerlo. Così a Magentia, per indurlo a mangiare, gli hai detto che le sarde pescate a Terracina erano aringhe, tanto nessun altro lì aveva mai visto un'aringa. Avevi però dubbi talmente forti sulle sue effettive capacità mentali da chiedere al priore di Fossanova di farsi raccontare da Tommaso il sogno che precedette la prolusione per il baccellierato a Parigi.»

Reginaldo era rosso in volto. Yves lo incalzò: «È così?».

«È così, *magister*.»

«Hai scritto a Giovanni da Vercelli che Tommaso aveva battuto la testa contro un ramo tra Teano e Borgonuovo. Ho parlato anche con Guglielmo, il decano di Teano, che mi ha raccontato l'episodio. Era un ramo portato dal vento, che non ha prodotto ferite visibili. Ho anche esaminato il corpo di Tommaso a Fossanova. L'erborista dell'abbazia ha tentato di imbalsamarlo e lo ha cosparso di unguenti tanto profumati quanto velenosi, costati la vita a un mulo, un cane e un topo. Non ho tuttavia visto alcun segno di una botta alla testa. A proposito, la mutilazione del cadavere non ti fa onore...»

«Era un santo. Dopo tanti anni al suo fianco ho voluto portare una reliquia con me, il pollice della mano destra che reggeva lo stilo con il quale ha scritto le sue mirabili opere. Del resto, anche il *magister* venerava le reliquie. Portava sempre con sé quelle di sant'Agnese, alla quale era profondamente devoto. Fu proprio grazie a esse che mi salvò la vita.»

«Spiegati meglio.»

«Eravamo in viaggio verso Napoli, con il *magister* e Tolomeo di Lucca, due anni fa. Sostammo nel castello del cardinale Annibaldo Annibaldi a Molara, vicino Rocca di Papa. Era un carissimo amico del *magister*, purtroppo anche lui è morto da poco. Fu lì che io e il *magister* ci ammalammo di febbre terzana. Egli guarì dopo tre giorni, ma io mi aggravai. Il *magister* mi mise allora sul petto le reliquie di sant'Agnese che portava al collo e la pregò di intercedere per me. Così mi fece guarire. La sua devozione era tale che in occasione della festa di sant'Agnese dello scorso anno, il 21 gennaio, offrì un pasto ai suoi studenti.»

«Lo ha fatto anche quest'anno?»

«No. Quest'anno no.»

«Torniamo alla botta alla testa, di cui, come dicevo, non ho notato segni visibili. Ammesso che vi sia stata, non credo che abbia determinato la malattia di Tommaso. O mi sto sbagliando?»

Reginaldo esitò, poi confermò, abbassando gli occhi: «No, *magister*. Non state sbagliando. Stava già male quando abbiamo lasciato Napoli».

«Perché allora siete partiti? Perché hai cercato di nascondere le sue condizioni, fino a quando non si sono definitivamente aggravate a Magentia? Perché non lo hai riportato indietro già da Teano, quando ti sei reso conto che non avrebbe mai potuto raggiungere Lione?»

«Oggi so di aver sbagliato, *magister*, e nelle mie preghiere chiedo ogni giorno perdono al Signore, anche se tornare indietro avrebbe significato solo farlo morire qui e non a Fossanova. Ho cercato di andare avanti fino alla fine perché stavo inseguendo un sogno.»

Yves non sembrava sorpreso e commentò: «È pericoloso inseguire i sogni... Vai avanti».

«La convocazione per il Concilio era arrivata alla fine di gennaio, in ritardo rispetto alle altre. L'arcivescovo di Napoli l'aveva infatti già ricevuta da mesi. Il *magister* aveva deciso di portare con sé l'opera *Contra errores Graecorum*, che aveva scritto oltre dieci anni fa, su richiesta di papa Urbano. Riguarda gli errori dottrinali dei greci ed egli pensava che lo avessero convocato per parlare di quello, essendo uno dei temi principali del Concilio. A me, invece, era sembrato strano che gli chiedessero di andare a Lione per illustrare un vecchio opuscolo che la curia conosceva già da tempo. Nella mia ingenuità, speravo che il papa si fosse finalmente accorto della sua grandezza e lo avesse convocato per farlo cardinale. Ne parlai anche con lui ad Aquino, la sera dell'incidente di Teano. Per tirarlo su, gli dissi: "*Magister*, andrete al Concilio e lì accadranno molte cose buone per la Chiesa universale, per il nostro Ordine e per il regno di Sicilia". Egli rispose: "Dio voglia concedere che lì accadano cose buone". Io aggiunsi: "Voi e frate Bonaventura sarete cardinali e farete grandi i vostri Ordini", al che lui replicò: "Reginaldo, in nessuno stato posso essere così utile al nostro Ordine come in questo". Allora insistetti: "Padre, non lo dico per voi, ma per il bene comune", ed egli rispose: "Reginaldo, stai sicuro che io non muterò mai il mio stato". A questo colloquio assistettero anche Giacomo da Salerno, il decano Guglielmo e suo nipote Roffredo. Come sapete, il *magister* era fatto così. Ricordo che una volta ci stavamo avvicinando a Parigi con altri fratelli e uno di loro gli disse: "Padre, che bella città è Parigi". Egli rispose: "Bella, certo". E l'altro: "Magari fosse vostra". Egli allora chiese: "E che cosa me ne farei?". "Potreste venderla al re di Francia e con il denaro costruire tanti conventi per i predicatori", e il *magister* replicò: "In verità, vorrei di più il commento di san Crisostomo sul Vangelo di Matteo".»

Yves annuì pensieroso, poi appoggiò entrambe le mani sul tavolo e disse: «Già, era fatto così. Il commento di san Crisostomo su Matteo è un'opera perduta e introvabile... altro che Parigi. Veniamo ora a Napoli, visto che, a quanto pare, qui è iniziato tutto. Come si svolgeva la vita di Tommaso?».

«Si svegliava di notte prima delle *vigiliae* e si recava a pregare nella cappella di San Nicola. Quando sentiva arrivare gli altri, se ne tornava in camera sua e dormiva un po'. Ogni mattina celebrava messa in quella cappella, alla presenza mia e di almeno un laico. La diceva con gli occhi chiusi o diretti al cielo.»

«Chi era il laico?»

«In genere un suo amico, Nicola di Fricia, che veniva quasi tutti i giorni. Spesso c'era anche un altro suo amico, Filippo da

Castrocielo, il maestro di medicina dell'Università di Napoli. Il *magister* scrisse due opuscoli per lui, il *De mixtione elementorum*, sulla miscela degli elementi, e il *De motu cordis*, sul movimento del cuore. Dopo aver celebrato messa, come ringraziamento ne ascoltava un'altra, che di solito celebravo io. Dismessi quindi i paramenti sacri, iniziava le lezioni dell'università, nell'aula grande, quella vicina all'ingresso principale della chiesa e all'androne del convento. Terminate le lezioni, scriveva e dettava a diversi scrivani, poi mangiava nel refettorio. In genere consumava un solo pasto al giorno, e anche in quell'occasione era spesso assorto nei suoi pensieri. Gli mettevano davanti la scodella piena, gliela toglievano vuota e sembrava che non se ne accorgesse. Dopo aver mangiato, tornava in camera e riposava un po', sempre meditando su quanto stava scrivendo. Poi riprendeva a scrivere e a dettare. Intorno ai vespri, qualche volta passeggiava da solo nel chiostro, la testa rivolta verso l'alto, perso nei suoi pensieri, e allora poteva accadere che partecipasse alle funzioni di compieta. Così dedicava la sua vita a Dio. Era vergine, pulito e integro, e non ho mai udito qualcosa di cattivo uscire dalla sua bocca. Anche nelle discussioni era sempre umile e mite. Ricordo a Parigi una disputa teologica con il maestro francescano Giovanni Peckham, l'allievo di Bonaventura, che attaccava le tesi del *magister* con espressioni ampollose e dure. Egli rispose con tale umiltà, dolcezza e profonda umanità da far arrossire il suo interlocutore.»

Yves sorrise immaginando la scena, con Peckham paonazzo e Tommaso placido e ironico. Reginaldo intanto proseguiva: «Usciva raramente dal convento. A volte i fratelli lo trascinavano in giardino per un po' di ricreazione, ma egli subito se ne tornava da solo in camera. Durante la Quaresima dello scorso anno, tenne delle prediche nella cattedrale su richiesta del vescovo. Furono mirabili meditazioni sulle preghiere del Padre Nostro, dell'Ave Maria e del Credo, il Simbolo degli Apostoli. Sto raccogliendo gli appunti presi da me e da altri, affinché nulla vada perduto del suo insegnamento».

«Incontrò re Carlo, prima di partire per Lione?»

Reginaldo apparve interdetto, come sorpreso. «No, o almeno

a me non risulta. Incontrò certamente il re a Capua presso la regia curia nel settembre del 1272, quando eravamo appena arrivati nel regno, per questioni relative all'eredità del conte di Fondi, marito di sua sorella, ma non mi risultano altri incontri... Il re comunque gli voleva bene. Potrebbe anche averlo convocato dopo aver appreso della sua partenza per il Concilio, ma è strano che io non lo abbia saputo, né il *magister* me ne ha mai parlato.»

Yves cambiò argomento. «Perché smise di scrivere?»

«Fu dopo la messa del giorno di san Nicola, il 6 dicembre. Probabilmente era esausto per il troppo studio.»

«Non ti ha spiegato le ragioni di questa decisione?»

«No, *magister*, mi dispiace. Per farlo riposare, d'accordo con il priore, l'ho accompagnato a San Severino da sua sorella Teodora, alla quale era molto affezionato. Siamo rimasti lì tre giorni e al ritorno a Napoli è giunta la convocazione per il Concilio. La malattia e la morte gli hanno impedito di riprendere il lavoro, ma cercherò io di portarlo a compimento, per la maggior gloria di Dio e del nostro Ordine.»

«Stai proseguendo il lavoro di Tommaso?»

Gli occhi del frate brillarono. «Sì, *magister*.»

«Di quali opere si tratta?»

Reginaldo appariva ora più sicuro. «Innanzitutto, la terza parte della *Somma teologica*. Il *magister* si era fermato alla questione 90, sulla Penitenza. Potrei utilizzare il suo commento alle *Sentenze* di Pietro Lombardo, in cui aveva già trattato gli argomenti che si riprometteva di sviluppare. Nel Prologo della terza parte il *magister* aveva scritto che il lavoro sarebbe stato diviso in tre sezioni: Cristo Salvatore dell'umanità, i sacramenti e la vita eterna. Dovrò poi proseguire il lavoro sui Salmi, giunto al 54. Per il *magister*, il tema dei Salmi consentiva di esporre tutta la teologia, giacché in essi sono lodate tutte le opere di Dio. È un lavoro grandioso, in cui vengono citati Agostino, Aristotele e molti altri. Proprio su Aristotele stava infine scrivendo alcuni commenti, *De coelo et mundo*, *De generatione et corruptione* e *De meteoribus*, ma non penso di portarli a termine. Cercherò invece di riordinare le altre opere e di redigerne un elenco completo.»

«Non stava scrivendo qualcosa anche sul *Timeo* di Platone?»

«No, ne parlava e diceva che lo avrebbe dedicato a voi perché lo avreste apprezzato, ma non ha avuto il tempo di scriverlo.»

«E sulle sostanze separate?»

La sicurezza di Reginaldo svanì di colpo. Esitò, prima di mormorare: «Il *De substantiis separatis*... fa parte delle opere che non saranno continuate».

«Era quella l'opera che Tommaso stava dettando il 5 dicembre, il giorno prima della festa di san Nicola?»

Reginaldo si limitò a un cenno di assenso.

Yves si alzò. «Mi piacerebbe leggere quello che stava scrivendo.»

Non era una richiesta, ma Reginaldo provò a dire: «Domani mattina vi mostrerò tutto».

L'inquisitore replicò secco: «Io non ho sonno. Qualcuno vuole andare a dormire?».

Nessuno rispose.

10

Le sostanze separate

Napoli, convento di San Domenico, 27 maggio 1274, dopo le laudi

Le ore della notte erano passate veloci. La luce del giorno stava entrando dalle alte finestre. Yves sollevò lo sguardo dai fogli di papiro. Nello *scriptorium* c'era solo Bernard, seduto su uno dei banchi degli scrivani e sveglio come un grillo. L'inquisitore aveva detto a Reginaldo di tornare nella sua cella. Berengario era invece uscito per informare i frati del convento che la stanza sarebbe stata chiusa fino a nuove disposizioni e per chiedere a Godefroy de Montreveil di far sì che un cavaliere fosse sempre di guardia all'ingresso.

Le opere di Tommaso occupavano un'intera parete. Era impressionante constatare come un uomo solo potesse aver scritto tanto. I ritmi di lavoro, già intensi a Parigi, dovevano essere diventati febbrili. La rinuncia alle «questioni disputate» e il contesto più tranquillo avevano certamente favorito la sua concentrazione. O forse Tommaso aveva intuito che il suo tempo stava finendo e aveva voluto cercare di portare a compimento il lavoro di una vita? In ogni caso, a Yves era bastato un rapido esame per rendersi conto che le opere scritte a Napoli esprimevano tutto il suo vigore intellettuale. L'inquisitore si era quindi concentrato sul *De substantiis separatis*. Era per quello, del resto, che aveva chiesto di raggiungere subito lo *scriptorium*. Non voleva correre il rischio che ne sparisse qualche pagina. Per esempio la prima, dove aveva trovato la dedica di Tommaso a Reginaldo.

La domanda di Bernard ruppe il silenzio: «Che cosa sono le sostanze separate, *magister*?».

Yves si appoggiò allo schienale della sedia. Gli bruciavano gli occhi. Li chiuse prima di rispondere.

«Le sostanze separate, o spirituali, sono enti non corporei, puri spiriti, come gli angeli. Aristotele riteneva che fossero dei. Questo noi non possiamo ovviamente asserirlo, altrimenti ammetteremmo il politeismo. Dobbiamo comunque riconoscere che gli angeli esistono, perché ne parlano le Scritture. Qualcuno ha cercato di immaginarli come esseri corporei, ma le Scritture sono chiare nel definirli puri spiriti. Tommaso effettua quindi una lunga ricostruzione di tutte le teorie sull'origine delle sostanze separate, citando Platone, Aristotele, Agostino, Dionigi e tanti altri, e conclude, in linea con la tradizione cristiana e respingendo l'eresia manichea, che tali spiriti puri sono stati creati direttamente da Dio. Nel Salmo 148, infatti, si afferma: "Lodatelo tutti, o angeli suoi". Si tratta quindi di enti non corporei e perfetti, prodotti dall'immensa bontà di Dio prima delle creature corporee e collocati al di sopra di esse.

«Fin qui, tutto bene. Il tema diventa delicato considerando che le sostanze spirituali non sono solo gli angeli, ma anche i diavoli. Tommaso, ovviamente, non era tipo da lasciare inesplorato un argomento del genere e in queste pagine aveva iniziato ad analizzarlo con la sua consueta logica, serrata e stringente. Ricordo che già in passato aveva affrontato il tema, nella prima parte della *Somma* e nelle questioni disputate sul male, scritte a Parigi, ma quello che stava elaborando qui, una volta ultimato, sarebbe stato un vero e proprio trattato di demonologia.»

L'inquisitore fece un sospiro e aprì gli occhi. Bernard pendeva dalle sue labbra, a un tempo spaventato e curioso. Yves proseguì: «Tommaso inizia così a esaminare la natura dei diavoli, che sono puri spiriti come gli angeli. Da Dio tuttavia, come diceva anche Agostino, possono emanare solo cose buone, per cui la natura dei diavoli, sostanze spirituali create da Lui, non può che essere buona. Vengono quindi ricordate con dovizia di citazioni le Scritture, secondo cui i diavoli sarebbero angeli che si sono allontanati da

Dio: "Come mai sei caduto dal cielo, Lucifero, tu che splendevi al mattino?".[1] Tommaso non sembra tuttavia convinto di questa tesi. Nelle sostanze spirituali, che non hanno un corpo, non può esservi altro desiderio che quello dell'intelletto, svincolato da ogni funzione corporea, ma esso, come diceva Aristotele nella *Metafisica*, è sempre desiderio del bene, o di ciò che appare come il bene. Quelli che diventano cattivi, quindi, desiderano un bene apparente ritenendolo vero. I diavoli sono allora vittime di un errore di giudizio su quello che è il vero bene? Ma è possibile che una sostanza incorporea e perfetta, creata direttamente da Dio, sia capace di una falsa apprensione del bene? Agostino diceva che "tutti coloro che si ingannano, non comprendono la cosa in cui si ingannano",[2] ma Tommaso non ritiene che una sostanza spirituale possa ingannarsi, essendo solo intelletto al di fuori di ogni dimensione corporea e temporale, e cita Proclo: "L'intelletto è parificato all'eternità".[3] Quindi o i diavoli sono sempre stati cattivi, ma questo è contrario alla premessa, perché sono sostanze spirituali create direttamente da Dio come gli angeli, o non sono mai potuti diventare cattivi. Inoltre, essendo Dio l'essenza stessa della bontà, più le cose sono vicine a Lui, più sono perfette. Solo i corpi inferiori possono quindi essere soggetti al male, non le sostanze celesti e spirituali...».

Yves tacque. Bernard attese qualche istante e chiese: «E poi?».

«Non c'è alcun poi. Il testo si interrompe qui. Il giorno dopo Tommaso ha smesso di scrivere per sempre.»

Bernard sembrava spaventato e l'inquisitore preferì tenere per sé i commenti. In sostanza, Tommaso non riusciva a spiegarsi la malvagità del diavolo. Non poteva infatti concepire la possibilità di un errore di giudizio commesso da una sostanza spirituale e naturalmente buona, in quanto emanazione diretta di Dio. Il trattato di demonologia era rimasto incompiuto, ma lo sviluppo logico di quello che aveva appena letto avrebbe potuto essere deva-

[1] Isaia 14,12.
[2] Agostino, Liber 83 Quaestionum, q. 32.
[3] Proclo, Inst. Theol. Prop. 169.

stante. Gli interrogativi che l'amico si stava ponendo erano infatti fin troppo chiari. E se non ci fosse alcun errore di giudizio? Se fosse stato Dio stesso a tentare Gesù nel deserto per metterlo alla prova? L'inquisitore sapeva inoltre che il teologo era sempre concentrato sulle questioni di cui si stava occupando e le risposte ai suoi dubbi gli giungevano all'improvviso, persino durante una cena con il re di Francia, come Yves stesso aveva constatato. Dai fogli che aveva davanti risultava comunque con assoluta chiarezza quale fosse l'oggetto delle meditazioni di Tommaso d'Aquino nel dicembre del 1273: l'impossibilità razionale di immaginare un errore di giudizio in un'entità spirituale «naturalmente buona», come Satana.

Che cosa poteva essergli venuto in mente quella mattina, nella cappella di San Nicola?

Yves provò a immaginarlo e lo colse quel senso di smarrimento che aveva già vissuto altre volte nella sua vita, ad al-Mansura e altrove. Avvertì il bisogno di aria. «Usciamo» disse a Bernard, alzandosi.

Sulla porta incontrarono Berengario. «Avete finito?» Notando il pallore di Yves, chiese: «Tutto bene, *magister*?».

«Sì... diciamo di sì. Un po' di stanchezza, forse. Non sono più giovane come voi e in questa vicenda le notti insonni aumentano.»

L'altro lo scrutò poco convinto e replicò: «Ho avvisato tutti e ho parlato con Montreveil. Farà sorvegliare lo *scriptorium*».

«Bene. C'era un'altra cosa che volevo domandarti. Chi era a conoscenza di quello che Tommaso stava scrivendo?»

Berengario ci pensò un attimo, poi rispose: «Reginaldo, ovviamente. E gli scrivani a cui il *magister* dettava».

«Li conosci?»

«Certo. Erano tutti giovani fratelli di sua fiducia: Tolomeo di Lucca, che giunse a Napoli con lui, Giacomino d'Asti e un converso, Bonfiglio Coppa, che purtroppo ci ha lasciati da poco.»

«È morto?»

«Sì. Una sera non è rientrato in convento e la mattina dopo lo hanno trovato in un vicolo, ucciso con una pugnalata. Probabilmente un tentativo di rapina. Nonostante i proclami e le ronde, la città è ancora poco sicura, soprattutto di notte. In realtà, non è cambiato molto dall'epoca del nostro arrivo, otto anni fa.»

«Un tentativo di rapinare un frate mendicante?»

Berengario fece una smorfia eloquente. «Lo *iudiciarius* del re se ne sta occupando, ma è un incapace e non credo che riuscirà mai a trovare i colpevoli.»

Yves annuì e tornò all'argomento precedente: «Il priore del convento era informato di ciò che stava scrivendo Tommaso?».

«Be', se avesse voluto, avrebbe potuto chiedere allo stesso *magister*, o a uno degli scrivani.»

«Che tu sappia, lo ha fatto?»

L'inquisitore del regno di Sicilia aggrottò la fronte, preoccupato. «Perché, *magister*? Avete trovato qualcosa che avrei dovuto verificare?»

Yves eluse la domanda e proseguì: «A Lione ho incontrato Giovanni da Vercelli, il quale era informato su quello che Tommaso stava scrivendo prima della festa di san Nicola. Da chi l'ha saputo?».

Berengario rispose senza esitare: «Allora può essere stato solo il priore. Era lui ad avere i contatti con il maestro generale».

«Sì, è stato lui a informare Giovanni...» convenne il vecchio frate. «Sarebbe interessante sapere a chi altri il nostro maestro lo ha poi riferito.»

«Pensate che ne abbia parlato con qualcuno?»

«L'ha fatto con me. Potrebbe averlo fatto con altri.»

11

Semplicemente la verità

Napoli, 27 maggio 1274, ora nona

Yves e Berengario uscirono dall'ingresso principale del convento e s'infilarono nei vicoli affollati, rumorosi e maleodoranti, scortati da Godefroy de Montreveil, Ruggero di San Floro e Henri de Noailhac. Superarono il grande monastero delle benedettine di San Gregorio Armeno, raggiunsero il decumano maggiore[1] e svoltarono a destra verso Castel Capuano. Passando davanti alla chiesa di San Paolo, realizzata riconsacrando un tempio romano di cui conservava la struttura, le sei grandi colonne e il timpano triangolare con le sculture pagane,[2] Yves ripensò alla chiesetta abbandonata di Cartagine e si ripromise di consigliare al re di abbattere tutto e ricostruire un nuovo santuario sulle macerie. All'inizio aveva tenuto gli occhi a terra, come era solito fare per evitare di calpestare immondizia. Poi la sua attenzione era stata attirata dalle botteghe, dai laboratori artigianali e dalla straordinaria umanità che li circondava: misera, ma dignitosa e devota. Al passaggio del piccolo corteo, in molti si toglievano il copricapo o si segnavano. Yves iniziò a rispondere con gesti di benedizione, lasciando stupefatto Berengario, che non gliel'aveva mai visto fare. La visione di bambini laceri e scalzi gli fece capire che il governo angioino

[1] Odierna via dei Tribunali.

[2] Odierna basilica di San Paolo Maggiore, costruita alla fine del Seicento sul sito della vecchia chiesa ospitata nel pronao del tempio romano dei Dioscuri.

non aveva migliorato la situazione del popolo. La preghiera dei poveri sarebbe diventata la collera di Dio.

Castel Capuano era a meno di un miglio dal convento domenicano. I soldati di guardia non avevano mai visto l'anziano frate che chiese candidamente di parlare con il re, ma la presenza al suo fianco dell'inquisitore del regno e dei cavalieri con le insegne dei Montfort aveva fatto sì che fosse immediatamente avvisato il conestabile Jean Britaud de Noyelles. Questi era un vecchio guerriero dai capelli bianchi tagliati corti, gli occhi chiari e il volto già abbronzato dal sole napoletano. Ricordava bene Yves le Breton, che li aveva accompagnati alla conquista del regno.

«*Magister!* Che sorpresa vedervi qui.»

La risposta del domenicano fu sferzante: «*Pax vobiscum*, messere. Devo vedere subito il re, da solo».

Il conestabile lanciò un'occhiata a Berengario, come per chiedergli che cosa fosse accaduto, ma quello restò impassibile. De Noyelles rinunciò allora ai convenevoli: «Venite. Padre Berengario, aspettate pure dove volete».

Condusse Yves al primo piano del castello, fino all'anticamera del re, dove sostavano alcuni cavalieri che scattarono in piedi al loro ingresso. De Noyelles proseguì da solo nella stanza adiacente e ne uscì poco dopo, seguito da due funzionari.

«Il re vi attende.»

Yves entrò. Carlo d'Angiò era seduto in fondo all'ampia sala, davanti a un tavolo ingombro di fogli. Non si alzò e il suo volto non tradì emozioni quando disse: «Bentornato a Napoli, *magister*».

L'inquisitore rispose con freddezza: «Non si tratta di una visita di cortesia, sire».

«A quanto pare, il passare degli anni non ha mitigato la vostra insolenza» commentò il re.

Yves fu diretto. «Nemmeno la vostra, sire. Perché avete inviato dei cavalieri a uccidermi?»

«Io non ho inviato nessuno. Non so di che cosa parlate.»

«Potevano essere solo vostri.»

Carlo esitò, poi mormorò: «De Noyelles è un imbecille, sapevo che lo avreste scoperto... Erano lì solo per proteggervi».

«Proteggermi? E da chi? Avevo già una robusta scorta fornitami da Jean de Montfort, vostro fedele vassallo. E perché si nascondevano come banditi? No, sire. Voi avete inviato quegli uomini per uccidermi nei territori della Chiesa. Un agguato nel regno sarebbe stato pericoloso. A Lione avete nemici potenti, che non attendono altro per rovinarvi. Ve lo chiedo per l'ultima volta, poi trarrò le mie conclusioni e vi assicuro che le troverete molto spiacevoli: perché lo avete fatto?»

L'altro tacque e Yves capì di averlo stretto in un angolo. Il modo migliore di affrontare un uomo pieno di trucchi come Carlo era prenderlo di petto. Gli sembrò di leggergli nel pensiero: non sopportava la sua insolenza, ma lo temeva. Sapeva che il papa e il giovane Filippo di Francia si fidavano dell'inquisitore e che sarebbe stato meglio averlo come alleato che come avversario. Alla fine, il re disse: «Da giocatore, so quando è il momento di mettere le carte in tavola. Ci conosciamo da più di trent'anni, *magister*, e abbiamo vissuto insieme momenti difficili. Vi parlerò quindi con franchezza. Le mie spie a Lione hanno riferito che il papa vi stava inviando nel regno non solo per indagare sulla morte di frate Tommaso, ma anche su quella di Baldovino di Courtenay, e per trovare prove contro di me per depormi solennemente alla fine del Concilio, come aveva fatto papa Innocenzo con Federico di Svevia. Questo non potevo e non posso permetterlo. Ho quindi chiesto a de Noyelles di fermarvi. Tuttavia, quando ho appreso dell'incidente con i lupi, veramente inconsueto, ho pensato che fosse un segnale divino e ho ordinato di lasciar perdere. Ho anche avuto la sgradevole sensazione che forse mi stavo comportando proprio come i miei nemici a Lione avrebbero voluto, facendomi arrivare informazioni sulla vostra missione. Io non c'entro con quelle due morti. Stimavo molto frate Tommaso e ho offerto asilo e protezione a Baldovino per quasi quindici anni, dopo che i bizantini avevano ripreso Costantinopoli. Ho persino concesso mia figlia in sposa al suo. È morto per aver mangiato funghi, come potrà confermarvi il maestro di medicina Filippo di Castrocielo, che ha esaminato il cadavere. Non permetterò quindi a nessuno di ordire trame contro di me. Nemmeno a voi, di cui ho sempre avuto una stima profonda».

Yves tenne per sé la risposta che gli era salita alle labbra: "Talmente profonda da volermi morto". Non poteva escludere che si trattasse dell'ennesimo trucco, ma adesso era lui a non avere scelta, quindi replicò: «Allora aiutatemi a cercare la verità, sire, e, se sarà quella che voi dite, avrete in me il vostro miglior alleato, come è già accaduto in passato».

«Ditemi che cosa posso fare.»

«Quali erano i vostri rapporti con Tommaso?»

«Ottimi. La famiglia d'Aquino, come sapete, è stata lacerata dalla guerra. Alcuni, come Tommaso, già conte di Acerra, si sono schierati con Manfredi e Corradino, di cui hanno condiviso la fine. Uno dei fratelli di frate Tommaso è stato invece ucciso da Federico di Svevia. Il vostro confratello faceva quindi parte del ramo sano della famiglia e le sue sorelle hanno sposato due dei miei più fidi vassalli, i conti Ruggero dell'Aquila e Ruggero di San Severino. Lo incontrai a Capua un paio di anni fa, prima ancora che si stabilisse a Napoli, proprio per questioni legate alla successione di Ruggero dell'Aquila, che l'aveva nominato esecutore testamentario. Mi piacque appena lo vidi. Un omone cordiale, modesto e molto sapiente. Parlammo anche di voi ed ebbe parole di elogio nei vostri confronti. Fu lui a dirmi che, tornato da Tunisi, vi eravate ritirato in Bretagna. Aggiunse che gli eravate debitore di una spiegazione, ma non specificò quale.»

Yves annuì. Almeno in quello, Carlo stava dicendo la verità. Solo Tommaso avrebbe potuto menzionare quella promessa non mantenuta.

Il re continuò: «Gli chiesi di insegnare teologia all'Università di Napoli, fermo restando che le lezioni si sarebbero svolte nel vostro convento. Egli accettò e ordinai quindi che al priore di San Domenico fosse corrisposta un'oncia d'oro al mese per il suo insegnamento. Da allora, lo considerai come un buon amico».

«Lo avete incontrato anche prima della partenza per Lione?»

«No. Non l'ho più incontrato dopo Capua. Mi è stato detto che negli ultimi mesi non stava bene.»

«Vi è stato detto anche di quale malattia soffrisse?»

«No, ma anche su questo credo che Filippo di Castrocielo possa esservi d'aiuto. Gli farò dire di raggiungervi domani a San Domenico. Tornate pure quando volete.»

Il colloquio era finito.

✠ ✠ ✠

Uscendo da Castel Capuano, Yves era inquieto. Non si fidava di Carlo d'Angiò. Anche se fosse stato colpevole, avrebbe potuto comportarsi esattamente come aveva fatto, ed era persino emerso un collegamento tra Baldovino di Courtenay e Tommaso. Le circostanze del decesso dell'imperatore di Costantinopoli dovevano evidentemente aver destato sospetti in qualcuno, forse nello *iudiciarius* locale, tanto che il cadavere era stato mostrato al maestro di medicina di Napoli, il quale aveva confermato che si era trattato di morte naturale. Filippo di Castrocielo era amico di Tommaso. Carlo non avrebbe potuto escludere che il medico, accortosi di qualcosa di strano, si confidasse con Tommaso. Il re avrebbe quindi potuto temere che il frate lo accusasse di fronte al papa? Un timore del genere sarebbe stato un ottimo movente per un omicidio e avrebbe spiegato anche il fatto che Carlo avesse negato di aver incontrato il domenicano prima della sua partenza.

Era inoltre evidente che qualcuno aveva fatto in modo che Carlo fosse informato del suo arrivo. Qualcuno che voleva liberarsi di lui e forse anche di Carlo, e che era a conoscenza della sua missione ben prima che questa iniziasse, con un anticipo tale da consentire che un messaggio arrivasse da Lione a Napoli e i cavalieri angioini raggiungessero Fossanova. Eppure, oltre a Jean de Montfort, erano solo quattro le persone a saperlo.

12

Sant'Agnese

Napoli, convento di San Domenico, 27 maggio 1274, pomeriggio

La cella di Tommaso era al primo piano, al centro di un lungo corridoio con le porte delle stanzette dei monaci da un lato e una balconata con il parapetto di pietra che dava sul giardino dall'altro. Era angusta e prendeva luce da una finestrella quadrata di un cubito di lato[1] che si apriva su una terrazza.

Yves si stese sulla branda e fissò le travi di legno del soffitto. Aveva chiesto che gli fosse assegnata quella cella e l'aveva raggiunta per un breve riposo, dopo aver consumato nel refettorio un pasto frugale con Berengario: pane, formaggio e un po' di vino misto ad acqua.

L'inquisitore cercò di immaginare Tommaso su quel giaciglio e i pensieri che dovevano tormentarlo. La sua inchiesta era giunta a un bivio. Tutto quello che aveva trovato poteva essere spiegato con una malattia che aveva colpito l'amico il 6 dicembre e che era andata progressivamente aggravandosi. Un cedimento mentale determinato dai suoi ultimi studi, come aveva ipotizzato Giovanni da Vercelli, oppure semplicemente dai ritmi di lavoro troppo intensi e da un corpo appesantito dall'adipe e dall'età? C'era tuttavia qualcosa che non lo convinceva, ma non riusciva ad afferrarlo.

Le sensazioni di un vecchio, le aveva chiamate Bonaventura.

«Tommaso, perdonami. Non riesco a capire» disse ad alta voce.

[1] Circa mezzo metro.

La stanchezza ebbe il sopravvento. Mentre si addormentava gli parve di vedere l'immagine nera e spettrale del suo maestro, Mathieu de Bourbon, con al fianco una piccola figura che non riuscì a distinguere.

Più tardi, prima dei vespri

Tolomeo di Lucca aveva quasi quarant'anni. Era basso di statura, bruno, con occhi intelligenti e mani grandi. Non sembrava intimorito di trovarsi al cospetto di un personaggio quasi leggendario come Yves le Breton. Erano con Berengario e Bernard nello *scriptorium* di Tommaso, trasformato nella sede dell'inquisizione. I venti frati predicatori del convento avevano accettato di buon grado la nuova situazione. Alcuni ricordavano Yves dagli anni della conquista del regno, altri ne avevano solo sentito parlare, ma tutti erano consapevoli della santità della sua missione: accertare come fosse morto il loro fratello.

L'anziano inquisitore esordì: «Tu sei uno di quelli che sono stati più vicini a Tommaso, vero?».

«Sì, *magister*, l'ho accompagnato qui nel settembre di due anni fa e da allora sono stato suo allievo.»

«E scrivano...»

L'uomo si allarmò. Una precisazione del genere da parte di un inquisitore non faceva presagire nulla di buono.

«Con altri... certo» rispose cauto.

«Mentre venivate a Napoli, Tommaso e Reginaldo si sono ammalati?»

Tolomeo annuì. «Eravamo nel castello del cardinale Annibaldi. Il *magister* e Reginaldo si ammalarono di febbre terzana e Reginaldo stava quasi per morire. Il *magister* lo guarì con alcune reliquie di sant'Agnese che aveva acquistato a Roma.»

«Le aveva acquistate a Roma?»

«Sì, così mi disse.»

«Tu non hai assistito all'acquisto?»

«No.»

«Non ti parve strano? Tutti sanno che le reliquie di sant'Agnese sono custodite e venerate in una chiesa di Roma. Come avrebbe potuto acquistarle?»

Tolomeo assunse un'aria desolata. «Non saprei che cosa dirvi. Dovevano comunque essere autentiche, perché Reginaldo guarì.»

«Certo, oppure furono la fede e le preghiere di Tommaso a salvarlo... Ricordi la festa di sant'Agnese?»

«Sì, il *magister* offrì un pasto nel refettorio a tutti i suoi studenti. Era rilassato e scherzava con loro, per una volta non assorto nelle sue meditazioni. È un'immagine che ricorderò per sempre.»

«Poi s'incupì?»

Il giovane parve imbarazzato. «Era spesso in una sorta di... astrazione mentale. Ricordo che una volta il cardinale legato del papa chiese all'arcivescovo di Capua, Marino di Eboli, che era stato allievo del *magister*, di organizzargli un incontro con lui. Vennero quindi al convento e attesero nel capitolo con Guglielmo di Tocco, mentre io andavo a chiamare il *magister*. Lo trovai proprio in questa stanza, assorto nei suoi studi. Lo accompagnai da loro e restò in quello stato, senza dire una parola. Essi attesero in silenzio, fino a quando esclamò raggiante: "Ora ho trovato ciò che cercavo!". A quel punto il cardinale iniziò a stizzirsi. Il *magister* non gli mostrava alcun segno di reverenza e sembrava che non si fosse nemmeno accorto di lui. L'arcivescovo tuttavia gli disse: "Signore, non meravigliatevi, perché gli capita spesso di astrarsi e, con chiunque si trovi, non parla". Poi strattonò con forza la cappa del *magister*, il quale finalmente sembrò avvedersi della presenza dei due prelati. Si inchinò al cardinale chiedendogli umilmente perdono per non avergli reso subito l'omaggio che gli spettava. Quando gli chiesero perché in precedenza fosse stato così lieto, rispose: "Ho trovato la soluzione di una questione sulla quale stavo da tempo ragionando, e la letizia che ho manifestato rifletteva quella del mio animo".»

Yves ripeté le parole di Marino di Eboli: «Gli capita spesso...». Dopo un attimo di silenzio, aggiunse: «Ci sono stati altri episodi che ti hanno colpito?».

Il frate ci pensò qualche istante, quindi disse: «Un giorno di fine maggio, prima di iniziare a dettare, volle raccontarci un sogno che aveva interpretato come un segnale di Dio. Gli era apparso frate Romano di Roma, suo buon amico e successore nella cattedra di teologia a Parigi. Il *magister*, sorpreso, gli aveva chiesto: "Hai fatto buon viaggio? Quando sei arrivato?", e quello aveva risposto: "Ho lasciato questa vita e mi è stato concesso di manifestarmi a te per i meriti che hai acquistato". Il *magister* aveva allora iniziato a interrogarlo: "In nome di Dio, se Egli lo permette, ti scongiuro di rispondere alle mie domande. Vorrei sapere che ne sarà di me e se le mie azioni gli sono gradite". Romano aveva detto: "Tu sei in grazia di Dio e le tue azioni gli sono gradite". "E tu?" aveva chiesto Tommaso. "Ora mi trovo nella vita eterna, ma sono stato in Purgatorio per quindici giorni per una negligenza che ho commesso a proposito di un testamento che il vescovo di Parigi mi aveva incaricato di spedire al più presto e di cui invece avevo colposamente ritardato la spedizione."[2] Il *magister* aveva proseguito: "Vorrei anche conoscere la risposta alla questione su cui discutevamo spesso, se le conoscenze acquisite in questa vita rimangano nell'altra", ma Romano aveva eluso la domanda, dicendo: "Io vedo Dio, non chiedermi altro". Il *magister* non era tipo da mollare e aveva insistito: "Dal momento che vedi Dio, dimmi se lo vedi direttamente o attraverso qualche similitudine", e l'altro gli aveva risposto con le parole del salmista: "Come avevamo udito, così abbiamo visto nella città del Signore degli eserciti,[3] nella quale entrerai presto". Frate Romano era poi scomparso. Il *magister* era rimasto colpito da quest'apparizione e lusingato dall'apprezzamento divino delle sue azioni, ma l'aveva anche considerata come il presagio della sua prossima fine. Apprendemmo poi che effettivamente frate Romano era morto pochi giorni prima, il 28 maggio».

«Ti è sembrato che Tommaso fosse preoccupato per la sua prossima fine?»

«No, all'epoca non era preoccupato, solo un po' impensierito. Nell'ultimo periodo era invece cambiato molto. Smise di scrivere

[2] I frati all'epoca raccoglievano anche i testamenti.
[3] Salmo 48,9.

e di dettare, parlava poco, camminava con difficoltà, si commuoveva facilmente fino alle lacrime, soprattutto quando diceva messa. Aveva come perso la gioia di vivere che avevo sempre visto in lui.»

«Quando parli di ultimo periodo, a quale ti riferisci?»

«Al periodo che ha preceduto la partenza per Lione, dicembre e gennaio. Per qualche giorno si recò anche da sua sorella a San Severino, ma quando tornò stava peggio di prima.»

«Tu non chiedesti spiegazioni?»

«A lui, no. Non mi sarei mai permesso. Chiesi a Reginaldo che cosa gli fosse accaduto, ma lui si limitò a rispondere che il *magister* era stanco e aveva solo bisogno di riposo.»

«Il 21 gennaio di quest'anno Tommaso era a Napoli?»

«Sì, era rientrato da pochi giorni.»

«Celebrò in qualche modo la festa di sant'Agnese?»

«No. Tornò spossato e per alcuni giorni restò nella sua cella, come ammalato, tanto che durante le notti decidemmo di alternarci per prestargli assistenza.»

«Chi si alternò?»

«Be', noi tre, i suoi scrivani: io, Giacomino d'Asti e Bonfiglio Coppa.»

«Che cosa vi stava dettando Tommaso a dicembre, prima di sospendere l'attività?»

«A ognuno dettava un'opera. A me stava dettando la terza parte della *Somma*, eravamo arrivati al tema della Penitenza.»

«Chi scriveva il *De substantiis separatis*?»

«Il povero Bonfiglio Coppa. Avete saputo che è stato ucciso?»

«Sì. Ho saputo... Sai come è successo?»

«Solo che una sera Bonfiglio non è rientrato al convento e la mattina dopo lo hanno trovato morto in un vicolo qui vicino.»

«Usciva spesso dal convento?»

«Era di Napoli. Qui vivono sua madre e il fratellino, che è anche uno dei nostri scolari. Appena poteva, si recava a trovarli. Poveretto, era così buono e devoto... Sarà già in Paradiso con il *magister*.»

«Bonfiglio ha mai fatto commenti su quello che Tommaso gli stava dettando?»

Tolomeo esitò, poi rispose: «No. Nessun commento. Noi spesso non capivamo nemmeno quello che il *magister* ci dettava, scrivevamo e basta».

«Che razza di allievo eri, se non capivi quello che ti dettava?» ribatté Yves, sferzante.

Tolomeo sembrò colto di sorpresa, ma fu pronto: «Proprio perché ero un allievo, non riuscivo a cogliere il profondo significato delle sue ultime opere».

Yves continuò a provocarlo: «Stai dicendo di non averci nemmeno provato?».

«Ci ho provato, *magister*, ma a volte non comprendevo tutte le sottigliezze del suo argomentare e non potevo certo interromperlo per chiederglielo.»

«Qualcosa devi aver capito. Non tutte le sottigliezze, ma la sostanza sì.»

«Sì, la sostanza sì» ammise Tolomeo.

«E Bonfiglio aveva capito quello che Tommaso gli stava dettando?»

«Vi ripeto che non mi ha detto nulla.»

«Nessuno ti ha fatto domande su quello che Tommaso stava scrivendo?»

«No.»

Gli occhi verdi dell'inquisitore fissarono gelidi quelli del frate. «Di che cosa hai paura, Tolomeo di Lucca?»

Quella sera, a compieta

Il profumo delle rose inondava il chiostro. Yves passeggiava lentamente con Berengario e Bernard. Avendo riposato nel pomeriggio, non aveva più sonno. Fu come al solito Bernard a chiedere: «Pensate che Tolomeo non ci abbia detto tutto, *magister*?».

«Penso che abbia mentito sulla conoscenza che gli allievi più vicini a Tommaso avevano delle sue opere. Per sceglierli, doveva averli giudicati pronti, capaci di non perdersi nella dettatura di frasi complesse. Tolomeo è orgoglioso, deve essergli costato molto dirmi che non capiva le opere del suo maestro e che non ne parlava con i suoi fratelli.»

«Quindi aveva paura, come voi gli avete detto. E di cosa?»

Intervenne Berengario: «Forse di confessare a due inquisitori di essere stato a conoscenza di testi sconvenienti per un frate predicatore?».

«Sì, è possibile» rispose Yves. «Oppure aveva paura di finire anche lui come il suo amico Bonfiglio. Mi farebbe piacere scambiare due parole con la madre e il fratellino. Berengario, puoi pensarci tu?»

«Certo, *magister*.»

Bernard proseguì: «Che ne pensate della miracolosa guarigione di Reginaldo e delle reliquie di sant'Agnese?».

Yves fece un paio di passi prima di rispondere. «È un altro aspetto di questa vicenda che mi ha colpito. Sant'Agnese è una martire romana. Secondo la leggenda attribuita a sant'Ambrogio, era solo una ragazzina dodicenne, che aveva fatto voto di castità a Gesù. Quando il figlio del prefetto di Roma si invaghì di lei, lo rifiutò. Il prefetto allora le ordinò di entrare a far parte delle vergini del culto di Vesta, la dea pagana protettrice di Roma. Agnese rifiutò anche questo e la rinchiusero in un postribolo, dove nessuno osò toccarla, tranne un uomo che fu subito accecato da un angelo bianco. Dio, tuttavia, gli rese la vista per intercessione proprio di Agnese. Alla fine, l'accusarono di magia e la condannarono al rogo, ma le fiamme non lambirono il corpo e i suoi capelli sciolti ne coprirono la nudità. La uccisero lo stesso, con un colpo di spada alla gola, come un candido agnello sacrificale. Una storia di castità difesa fino alla morte, con aspetti un po' scabrosi. Mi sembra strano che Tommaso avesse acquistato a Roma reliquie della santa e le portasse addirittura al collo, lui che rifuggiva dalla compagnia delle donne. Quello di Agnese è comunque un culto molto diffuso da queste parti. Berengario, non si chiamava Agnese anche la badessa con cui ti eri scontrato a Benevento, la notte dopo la battaglia?»

Prima che il giovane inquisitore potesse rispondere, Bernard intervenne: «Per scatenare tali passioni, sant'Agnese doveva essere bellissima. Sicuramente il *magister* Tommaso non la considerava nella sua femminilità, ma solo nella sua bellezza santa e sublime».

Yves mormorò, assorto: «Ecco, Bernard, hai toccato proprio un argomento in cui la logica di Tommaso sembra approdare a un esito in contrasto con la premessa».

«Quale argomento, *magister*?»

«La bellezza. Ovviamente uno come Tommaso, che si è interessato praticamente di tutto, non poteva trascurare questo tema. Che cosa è bello? C'è chi ha sostenuto che la natura è stata creata da Dio ed è quindi tutta bella, solo per questo. In ogni cosa sarebbe infatti possibile cogliere una manifestazione, un simbolo della parola di Dio. Adamo di San Vittore diceva che persino una noce ci ricorda Cristo: il mallo esterno che la riveste è la Carne, il guscio di legno è la Croce e il gheriglio che l'uomo mangia è la Divinità. Questa situazione, in cui tutto il creato è indistintamente bello perché viene da Dio e ci parla di Dio, non ha soddisfatto la logica di Tommaso. Egli riconosceva che Dio è in tutte le cose[4] ma, da ordinatore qual era, riteneva che anche la natura andasse analizzata in modo razionale. Così diceva che una cosa è bella se è funzionale al suo scopo. Un fabbro che forgia un coltello deve fare del suo meglio per realizzare un coltello che tagli, e più il coltello sarà tagliente, più sarà bello. Egli aveva anche individuato tre canoni per valutare la bellezza di ciò che vediamo: l'integrità, la proporzione, la chiarezza.

«Il primo canone, quello dell'integrità, rappresenta la conformità della cosa al concetto che l'ha ispirata. Nel caso del coltello, l'integrità esprime la conformità dell'oggetto alla sua funzione. Per apprezzare tale integrità, diventa ovviamente indispensabile conoscere la cosa in modo profondo ed esaustivo. Secondo Tommaso, quindi, non vi può essere bellezza senza una profonda conoscenza intellettuale, non essendo sufficiente l'aspetto esteriore.

«Il secondo canone è quello della proporzione. Una cosa è bella quando vi è armonia tra le sue parti.

[4] *Somma teologica*, I, 8, 1.

«Il terzo, infine, è la chiarezza, cioè la nitidezza con cui manifesta ai nostri occhi la propria perfezione.

«Il problema di tutta questa ricostruzione è che la conoscenza completa delle creature di Dio può averla solo Lui. L'uomo si ferma alla forma accidentale, alla figura esteriore, non può conoscere a fondo ciò che è stato creato da Dio. L'unica bellezza che l'uomo potrà cogliere è pertanto quella delle forme artificiali che egli stesso ha creato, come il coltello. Ciò implica che l'uomo non possa afferrare la profonda, sostanziale bellezza del creato, perché non è in grado di conoscerne l'intima essenza. In conclusione, mentre Adamo di San Vittore riusciva a commuoversi guardando una noce, il sistema logico e razionale messo in piedi dal nostro fratello Tommaso, pur muovendo dalla stessa premessa che Dio è in tutte le cose, finiva per negare all'uomo ogni effettiva possibilità di apprezzare l'intima bellezza del creato.»

«È l'ennesima assurdità, come sostenere la bontà del diavolo!» sbottò Berengario. «Perché Dio avrebbe creato l'uomo a sua immagine e somiglianza se poi non gli ha consentito di riconoscere la piena bellezza?»

«Tu sapresti riconoscerla?» chiese Yves.

L'altro non rispose e l'anziano inquisitore si avviò a capo chino verso la scala di pietra che portava al primo piano.

13

Il medico del re

Napoli, convento di San Domenico, 28 maggio 1274, dopo le laudi

Filippo di Castrocielo era giunto al convento di buon mattino. La sera precedente, un messo della regia curia gli aveva ordinato di presentarsi al più presto agli inquisitori.

Ora era davanti a Yves, Berengario e Bernard, nello *scriptorium*.

Dimostrava circa cinquant'anni, non era alto, aveva la barba bianca, i capelli arruffati e il ventre prominente.

«Vi ringrazio per essere venuto. Sappiamo che eravate buon amico del nostro fratello Tommaso...» disse Yves.

«Sì. Il *magister* mi onorava della sua amicizia. Era un uomo di grande intelligenza e sapienza, ed era un piacere ascoltare le sue prediche e conversare con lui.»

«Vi ha dedicato anche degli scritti.»

«Dopo alcune di queste conversazioni, mi scrisse due lunghe lettere, una sul movimento del cuore, l'altra sulla miscela degli elementi. Quando un argomento lo incuriosiva, ci scriveva un trattato.» Il medico accennò un sorriso.

«Era fatto così...» convenne Yves. «Secondo voi, che cosa gli è successo?»

«È una domanda che mi sono rivolto anch'io cento volte. Che cosa gli è successo... non come è morto.»

«E quale risposta vi siete dato?»

«Che la nostra mente è un meraviglioso dono di Dio, ma in

situazioni protratte di grande tensione o di fronte a un'emozione molto forte, può capitare che si rompa.»

«Spiegatevi.»

«Voi conoscevate il *magister*?»

«Meglio di quanto pensiate.»

«Allora saprete che era spesso distratto, fino a estraniarsi dalla realtà, soprattutto quando non riusciva a risolvere qualche dubbio teologico. In genere non gli capitava durante la messa, ma la domenica di Passione dello scorso anno[1] vi fu un episodio che m'impensierì. Frate Berengario lo ricorderà, perché era presente anche lui.»

Guardò il giovane inquisitore, che rimase impassibile. Il medico proseguì: «Partecipavo con molti nobili e cavalieri alla messa celebrata da frate Tommaso nella chiesa del convento. Alla consacrazione, si fermò e restò in silenzio, come bloccato. Rimase a lungo in quello stato. Stavo per intervenire temendo che si fosse sentito male, ma due frati gli si avvicinarono e lo scossero, come destandolo. Concluse quindi la messa, anche se notai che aveva il volto rigato dalle lacrime».

«Chi erano i due frati che intervennero?»

«Il priore e Reginaldo... Dopo la messa, andai da frate Tommaso e gli chiesi che cosa fosse accaduto, ma egli non rispose, o meglio non volle rispondermi. Fece un gesto con la mano, come per dire che la cosa non aveva alcuna importanza.»

«Secondo voi, che cosa gli era successo?»

«Forse aveva avuto una visione mistica, oppure era un'avvisaglia di ciò che gli sarebbe capitato a dicembre. Nei mesi successivi continuò infatti la sua consueta frenetica attività, fino al giorno della festa di san Nicola. Io non ero presente, ma da quello che mi è stato riferito ha avuto un episodio simile, questa volta con conseguenze serie. All'epoca, tuttavia, nessuno mi chiamò per visitarlo. Il priore e Reginaldo avevano paura di far trapelare la cosa all'esterno del convento. Forse pensavano che fosse solo stanchez-

[1] Il 26 marzo 1273. La domenica quattordici giorni prima di Pasqua, che segna l'inizio del tempo della Passione.

za e che potessero risolvere la questione scuotendolo, come avevano fatto durante la messa di marzo e chissà quante altre volte. Attesero Natale, ma le sue condizioni non mutarono. Agli inizi di gennaio, Reginaldo lo accompagnò da sua sorella a San Severino, sperando che ciò gli giovasse. Rientrò che stava peggio di prima, e fu solo quando arrivò la convocazione per il Concilio che fui finalmente chiamato per visitarlo. Volevano sapere se sarebbe stato in grado di affrontare il viaggio. Quando lo vidi, mi venne quasi da piangere. Voi lo avete conosciuto, ricorderete l'intelligenza del suo sguardo e la sua giovialità. La persona che mi trovai di fronte era un'altra. Aveva difficoltà di eloquio e di deambulazione. Comunque mi riconobbe e fu molto gentile. Mi raccontò che era stato a San Severino, ma nei suoi occhi si era come spenta la luce.»

«A quale malattia pensaste?»

«Pensai a un'apoplessia[2] e mi rimproverai di non avergli fatto un salasso dopo il primo episodio per ridurre la quantità di sangue nel corpo. Chissà, forse lo avrei salvato.»

«Un'apoplessia determinata da cause naturali?»

«Be', non sono a conoscenza di veleni che abbiano tali effetti. Con questo, ovviamente, non posso escludere che esistano. Anche una forte emozione potrebbe averlo ridotto in quello stato, ma non riesco a immaginare da che cosa potrebbe essere stata determinata. Dovrebbe aver visto Dio o...»

Filippo di Castrocielo non osò completare la frase. Fu Yves a farlo: «O il diavolo?».

Nello *scriptorium* scese il silenzio.

L'anziano inquisitore proseguì: «Dopo averlo visitato, che cosa consigliaste al priore e a Reginaldo?».

«Dissi loro che in quelle condizioni anche uno scossone avrebbe potuto ucciderlo, ma mi resi conto che entrambi sembravano determinati a far sì che il *magister* obbedisse alla convocazione papale. Mi dissero che avrebbero fatto attenzione, ma sentii dentro di me che non lo avrei più rivisto.»

[2] Così era definito l'ictus ischemico nel Medioevo, sulla base della definizione di Galeno.

«Che cosa potrebbe averne determinato la morte?»

«Qualunque cosa. Un colpo alla testa o persino uno starnuto violento potrebbero aver aggravato il danno causato dalla prima apoplessia.»

Yves cambiò argomento. «Voi avete esaminato anche il corpo di Baldovino di Courtenay?»

Il medico si aspettava la domanda e non ebbe esitazioni: «Sì. Fu nell'ottobre dello scorso anno. Morì a Barletta, mentre io ero a Trani. Maroldo de Curtesio, *iudiciarius* di Barletta, mi mandò a chiamare. Era in preda al panico. L'imperatore di Costantinopoli morto nella sua città poteva costargli il posto, o persino la testa. Esaminai quindi i corpi di Baldovino e degli altri sette che erano deceduti con lui e mi feci descrivere ciò che era accaduto. La situazione mi parve subito chiara. Erano stati avvelenati dai funghi che avevano mangiato nel corso di una cena. Una brutta morte, tra atroci sofferenze».

«Una strana coincidenza che voi foste a Trani...»

Filippo di Castrocielo rispose seccamente: «Non sono andato lì per avvelenare Baldovino. Ero ospite di Leonardo di Molfetta, un illustre collega che aveva rinvenuto un antico trattato di medicina in una sinagoga ebraica e lo stava traducendo con l'aiuto di un rabbino del luogo. Ricordava l'opera di Avicenna, il maestro di medicina arabo. Prima di partire per Trani, ne avevo parlato anche con il *magister* Tommaso, il quale mi aveva detto che avrebbe avuto piacere di leggere la traduzione del trattato, una volta che fosse stata ultimata».

«Il testo è stato poi tradotto?»

«Il lavoro è ancora in corso. Se ne sta occupando Leonardo a Trani.»

«Anch'io ci terrei a esaminarlo e a verificarne il contenuto, una volta finito.»

«Certo, sarà mia cura informarvi.»

Yves aggrottò le labbra, poi disse: «Vi ringrazio di essere venuto, maestro di Castrocielo».

Il medico si alzò, abbozzò un inchino e uscì. Appena la porta si chiuse Berengario commentò: «Strano che fosse a Trani mentre

Baldovino veniva avvelenato a dieci miglia di distanza... È evidente che il re lo aveva inviato laggiù per organizzare l'eliminazione dell'imperatore. Nulla di più facile che aggiungere qualche fungo velenoso in un calderone di funghi buoni o mettervi direttamente del veleno. Frate Tommaso lo aveva intuito e il medico lo ha avvelenato su ordine del re, altro che apoplessia».

«E il trattato di medicina ebraico?» chiese Bernard.

«Solo una scusa» rispose Berengario. «Verificheremo a Trani, ovviamente».

Yves intervenne: «Non abbiamo il tempo di andare fino a Trani, è a oltre cento miglia da qui e io devo rientrare a Lione».

Il giovane inquisitore esclamò: «Questo è un altro elemento contro Castrocielo. Carlo d'Angiò sa bene che il Concilio finirà a metà luglio e che la vostra è una corsa contro il tempo. Non possiamo andare a Trani, e se chiedessimo a de Noyelles di portarci il trattato ebraico ne arriverebbero dieci, per confermare la tesi del medico del re».

Yves ci pensò, poi disse: «Trani è lontana, ma il castello di San Severino no. Forse la sorella di Tommaso sa qualcosa o è in grado di aiutarci. Andremo lì domani».

Berengario era deluso, come se considerasse la trasferta una perdita di tempo. «Come volete, *magister*... Facciamo intanto entrare Giacomo da Salerno? Come mi avete chiesto, l'ho convocato e attende qui fuori.»

«Sì, certo. Bernard.»

Il giovane si alzò e aprì la porta dello *scriptorium*, invitando qualcuno a farsi avanti.

Giacomo aveva circa quarant'anni, la faccia allungata coperta da una barba grigia e l'aria non troppo sveglia. Yves gli fece cenno di sedersi e il frate obbedì mormorando: «*Pax vobiscum*».

«*Et cum spiritu tuo*. Tu hai accompagnato frate Tommaso nel suo ultimo viaggio. Vorrei che ci raccontassi innanzitutto come stava quando siete partiti da Napoli.»

L'uomo si accomodò meglio sulla panca prima di rispondere. «Non stava bene da dicembre, tutti se ne erano accorti qui al convento, anche se nessuno voleva dirlo. A gennaio lo avevo accompagnato a San Severino dalla contessa sua sorella. Lì le sue condizioni non erano migliorate. Restammo solo tre giorni e quando rientrammo a Napoli non usciva quasi più dalla cella. Poi si riprese e partimmo. Io mi occupavo di assisterlo nelle sue esigenze quotidiane, anche se, come sapete, era molto parco e si accontentava di poco.»

«Oltre a te, chi lo accompagnò a San Severino?»

«Reginaldo.»

«Cosa fece Tommaso al castello?»

«Questo non posso dirvelo, perché non rimasi sempre con lui. Come vi ho detto, mi occupavo delle incombenze materiali.»

«Quando arrivaste, come lo accolse la sorella?»

«Era preoccupata di trovarlo in quelle condizioni e quando partimmo piangeva come se sapesse che non lo avrebbe più rivisto.»

«Durante il viaggio verso Lione, che cosa accadde tra Teano e Borgonuovo?»

«Erano gli inizi di febbraio, tirava un vento gelido e volavano anche rami di alberi. Uno di questi colpì il *magister* alla testa.»

«Tu lo hai visto mentre veniva colpito?»

«No, avevo il cappuccio alzato e il volto coperto dalla sciarpa. Me l'ha detto Reginaldo.»

«Reginaldo era preoccupato per le condizioni di Tommaso?»

«Sì, molto. Ecco... forse non dovrei dirlo, e non voglio comunque in alcun modo giudicare le decisioni del priore e di Reginaldo, ma secondo me è stato un po' avventato consentire al *magister* di mettersi in viaggio in quello stato. Reginaldo era partito baldanzoso, scherzando con il *magister* per cercare di sollevargli l'animo, ma quando lasciammo Aquino si rese conto anche lui che non potevamo proseguire. Io proposi di tornare indietro, ma lui rispose che dovevamo obbedire al papa e che ne andava del futuro della Chiesa e del nostro Ordine. Decidemmo allora di fare una sosta al castello di Magentia, dove vive la nipote del *magister*, per consentirgli di recuperare le forze. Lì tuttavia la situazione peggiorò. Arrivarono alcuni monaci di Fossanova, tra cui il priore e l'erborista. Giunse pure un medico da Piperno. Il *magister* non voleva più mangiare. Reginaldo riuscì persino a trovare delle aringhe, ma lui le assaggiò appena. Si decise allora di condurlo a Fossanova, per farlo morire in una casa di Dio. Fu accudito con amore, ma non ci fu nulla da fare.»

«Chi decise di trasferirlo a Fossanova?»

«Credo Reginaldo, con il priore e l'erborista dell'abbazia.»

«Non è stato Tommaso?»

«Questo non lo so, *magister*. Potrebbe anche darsi. Lo sa Reginaldo.»

Yves fece un respiro profondo, poi disse: «Abbiamo già parlato con Reginaldo, con i monaci di Fossanova e con parecchia altra gente. Quello che vorrei sapere da te, fratello, è un'opinione. Secondo te, che cosa gli è successo?».

«Non lo so, *magister*, sono solo un umile frate... Sono tuttavia convinto che, qualunque cosa sia stata, è accaduta in questo convento. È qui che si annida il maligno.»

14

Teodora

Castello di San Severino, 29 maggio 1274, prima dei vespri

Partiti poco dopo l'alba, avevano impiegato quasi l'intera giornata per percorrere le trenta miglia che separavano Napoli da San Severino. Erano in otto, Yves e Bernard a dorso di mulo, e sei cavalieri guidati da Ruggero di San Floro. Godefroy de Montreveil e Henri de Noailhac erano rimasti al convento con Berengario per rintracciare i familiari di Bonfiglio Coppa.

Più che un castello, era un grande villaggio fortificato che occupava un'intera collina. Una cinta di mura e torri racchiudeva una chiesa, cisterne per l'acqua e un centinaio di case intonacate di bianco, in genere a due piani e con l'accesso al piano superiore sul retro, dallo stesso stretto sentiero che saliva seguendo la curva del pendio. Passando davanti a una di esse, sentirono l'odore del pane appena sfornato. Procedettero in fila verso la sommità della collina, dove una seconda cinta di mura turrite proteggeva la residenza comitale, sulla quale sventolava pigramente al sole del tramonto lo stendardo grigio e rosso dei San Severino, conti di Marsico.

Teodora d'Aquino era una donna di mezza età, bassa e prosperosa. I suoi lineamenti ricordarono a Yves quelli di Tommaso. Era stata subito avvisata dell'arrivo dei domenicani e dei cavalieri ed era scesa ad attenderli nel cortile interno della fortezza.

Yves le rivolse un cenno di saluto prima ancora di smontare.

«*Pax vobiscum*, madonna.»

«Benvenuto, padre. A cosa debbo la vostra gradita visita?» rispose la contessa.

«Sono Yves le Breton, inquisitore generale designato da papa Gregorio.» L'anziano frate smontò aiutato da Bernard e, avvicinatosi alla donna, aggiunse: «Ero anche amico di vostro fratello e vi porgo le condoglianze mie e di tutto l'Ordine dei predicatori per la sua scomparsa».

«Vi ringrazio, ancora non mi sembra vero...»

«Vi presento Bernard de Guyonne, che mi sta coadiuvando.»

Bernard arrossì per le parole dell'inquisitore e s'inchinò. «*Pax vobiscum*.»

«Purtroppo mio marito è a Napoli. Di solito è presso la curia papale, ma con il Concilio a Roma non è rimasto più nessuno.»

«Non è lui che cercavamo, ma voi.»

La contessa apparve sorpresa, ma rispose pronta: «Allora mi avete trovata».

✠ ✠ ✠

Più tardi, consumata la cena, Yves e Teodora erano rimasti soli in uno dei saloni del castello, seduti su grandi sedie di legno con gli schienali intagliati.

«Che cosa posso fare per voi, padre?» chiese la donna.

«Sappiamo che Tommaso è stato qui a gennaio, poco prima di partire da Napoli per Lione, e che stava già male. Vorrei che mi raccontaste quello che è successo.»

La contessa era una donna forte. Gli occhi erano lucidi, ma la voce non tradì alcuna emozione: «Lo accolsi nel cortile, dove ho ricevuto voi, e mi sembrò subito diverso. Camminava e parlava a fatica, ed era come... assente».

«Vi riconobbe?»

«Certo, fu come sempre affettuoso e gentile, ma era triste e assorto in pensieri che intuii essere cupi. C'era qualcosa che lo angosciava e che lo aveva ridotto in quello stato. Chiesi a Reginaldo che cosa gli fosse accaduto e lui rispose: "È così dalla festa di san Nicola". Aggiunse che negli ultimi tempi aveva lavorato molto e che forse la sua era solo stanchezza. Ecco perché l'aveva accompagnato da me, sperava che con il mio aiuto e lontano dalla confusione di Napoli recuperasse le energie... Purtroppo così non è stato, e ho anche capito che la ragione della visita non era solo quella dichiarata da Reginaldo. Una sera li ho sentiti gridare nella loro stanza. O meglio, ho sentito Reginaldo gridare. Tommaso parlava a voce bassa e non sono riuscita a capire quello che diceva.»

Yves inarcò le sopracciglia. Nell'Ordine dei predicatori, come in ogni organizzazione fondata sull'autorità e sull'obbedienza, era inaudito e inaccettabile che un allievo alzasse la voce con il suo maestro.

«E che cosa diceva Reginaldo?»

«Non ho ben compreso, mi pare che volesse sapere perché Tommaso aveva deciso di smettere di scrivere.»

«Come se fosse stata una sua libera decisione e non dettata dalla malattia?»

La donna annuì. «Proprio così... E, se volete, vi dico anche come la penso.»

Yves rispose: «Che Reginaldo lo ha portato fin qui per poterlo interrogare a modo suo, lontano dal convento».

Teodora lo guardò stupita. «Mi ricordate mio fratello, il Tommaso dei vecchi tempi.»

Il frate piegò appena le labbra in un accenno di sorriso. «Anche voi, madonna.»

«Siete tutti così ostinati?»

«Perché me lo chiedete?»

«Perché mi sono convinta che per farsi frate mendicante occorre non solo devozione, ma ostinazione. Sapete, i miei genitori, Landolfo e Teodora, volevano che Tommaso si facesse benedettino, per destinarlo a Montecassino e mettere le mani sulle ricchezze di quell'abbazia, all'epoca di gran lunga maggiori di quelle di oggi. Così, quando aveva appena cinque anni, lo inviarono come oblato a Montecassino, con la nutrice e una buona scorta, affinché ricevesse la migliore istruzione possibile. Dopo qualche anno, su suggerimento dell'abate, la sua formazione proseguì a Napoli. Fu lì che il Signore lo chiamò nell'Ordine dei predicatori. In realtà non fu proprio il Signore, ma un frate, Tommaso da Lentini, e nostro padre si era convinto che non parlasse nel nome di Dio. Nostra madre si recò quindi a Napoli, ma i predicatori inviarono Tommaso a Terracina e poi ad Anagni. Allora i nostri fratelli, che all'epoca si trovavano al seguito dell'imperatore Federico, lo rintracciarono e lo riportarono a Monte San Giovanni, dove lo tennero prigioniero. Cercarono in tutti i modi di convincerlo ad abbandonare il vostro Ordine, ma non ci fu verso. Arrivarono persino a ridurre in brandelli l'abito domenicano, ma lui si avvolse in quei brandelli, dicendo che non avrebbe mai vestito nient'altro. Mio fratello gli mise allora in camera una ragazza affinché lo seducesse, ma lui la scacciò con un tizzone ardente del camino. Così, alla fine, sconfortati, lo restituirono ai domenicani. Il resto della sua vita lo conoscete meglio di me... E voi, frate Yves? Qualcuno vi ha tenuto prigioniero per impedirvi di diventare frate?»

Yves non si aspettava quella domanda, che nessuno gli aveva mai rivolto. Ci pensò, prima di rispondere: «In effetti, qualcuno mi ha tenuto prigioniero, impedendomi di fare il frate e riducendo in brandelli la mia tonaca, ma la mia è una storia molto diversa».

La donna era sorpresa e incuriosita. «E chi è stato?»

«Sono stato io stesso.»

«Temo di non capire, padre.»

Il frate la guardò, vide gli occhi di Tommaso e decise di essere più chiaro.

«Sono nato a Carantec, in Bretagna, un villaggio di poche case di legno sull'oceano. La mia famiglia non era nobile, ma nemmeno povera. Mio padre aveva una piccola ma fiorente attività di carpentiere con i suoi due fratelli minori e grandi progetti per me e mia sorella. Per questo era convinto che io dovessi imparare a leggere e a scrivere. Mi affidò quindi ancora bambino ai frati predicatori che avevano appena aperto una casa a Morlaix, affinché mi istruissero. Non era certo una grande abbazia come Montecassino, ma quei frati mi insegnarono la parola di Dio. Avevo solo otto anni quando mio padre morì all'improvviso e i suoi fratelli si impadronirono dell'attività di famiglia. Non erano tempi in cui una vedova e due orfani potessero ribellarsi. Mia madre e mia sorella sopravvissero solo grazie alla nonna paterna, che aveva un piccolo forno. Pur non osando contrapporsi agli altri figli, fu lei ad aiutarle, a volte sottraendo una parte degli impasti del pane che le donne del villaggio portavano a infornare. Fu così che mia madre chiese ai frati di tenermi presso di loro, per evitarmi la miseria e la fame. Mi rivelai un allievo promettente e dopo qualche anno mi inviarono al convento di San Giacomo a Parigi. Lì incontrai l'uomo che avrebbe segnato la mia vita, Mathieu de Bourbon, uno dei compagni di san Domenico nella predicazione contro gli eretici. Era inquisitore della pravità eretica e priore di San Giacomo. Di grande intelligenza, rigoroso e spietato, fu lui a indurmi a entrare nell'Ordine, ma non per studiare le Scritture e meditare sulla grandezza di Dio, come Tommaso...»

«E per che cosa, allora?»

«Per difendere il gregge dalle volpi eretiche, come inquisitore. L'*officium* è stata la prigione senza sbarre nella quale mi sono volontariamente rinchiuso per trent'anni, riducendo a brandelli la mia tonaca. Mentre Tommaso con le sue opere annunciava la grandezza dell'amore di Dio, io cercavo nel mondo le tracce di Satana. Sono così arrivato fino ai bordi dell'abisso, da cui ho visto salire la bestia dell'Apocalisse. Ho anche commesso errori terribili, come Tommaso ha cercato invano di farmi comprendere, l'ultima volta che ci siamo visti.»

Cogliendo la sua emozione, Teodora provò quasi a consolarlo. «Il nostro mondo è talmente intriso di male che potrebbe essere stato Tommaso a commettere un errore terribile... Com'è la bestia dell'Apocalisse?»

«Non ha né zanne, né corna, come la ritraggono. È subdola, insidiosa e si cela nella parte più oscura nel nostro animo. È da lì che la vedi salire verso di te, scuotendo le tue certezze.»

«Quali certezze?»

«Su ciò che hai sempre ritenuto giusto... Persino su Dio.»

«Tommaso ha visto la bestia?»

«Non lo so. Sto cercando di capirlo. Forse l'aveva vista poco prima di venire qui.»

«Sapete? Mi era parso strano che avessero mandato voi, ma ora comprendo chi lo ha deciso. Anch'io avrei scelto voi.»

«Perché? Io non avrei scelto me.»

«Per arrivare alla verità bisogna dubitare delle apparenze. Sono sicura che riuscirete a capire che cosa è successo a Tommaso.»

15

Il 6 dicembre

Napoli, convento di San Domenico, 30 maggio 1274, dopo compieta

Reginaldo fu svegliato nella sua cella da Berengario e da Ruggero di San Floro. Gli chiesero di vestirsi e lo accompagnarono nello *scriptorium*. Davanti alla porta c'era Godefroy de Montreveil. Il frate entrò e si trovò di fronte a Yves e Bernard. Berengario lo seguì, chiuse la porta e vi si appoggiò.

«*Pax... vobiscum*» balbettò Reginaldo.

«Reginaldo da Piperno» sibilò Yves, «ti avevo già ammonito. Mentire all'inquisizione è un peccato mortale che comporta la scomunica.»

L'uomo, già pallido, sembrava ancora più livido alla luce delle candele accese sul tavolo di quercia.

«Non capisco, *magister*.»

«Capisci benissimo, invece. Non continuare a prenderti gioco di me.»

«Vi ho detto la verità...»

«Dire la verità significa non solo fare affermazioni corrispondenti al vero, ma anche non omettere nulla di ciò che si conosce. Quindi non hai detto la verità e per questo potrei scomunicarti.»

«Ho taciuto solo ciò che mi è stato rivelato sotto il vincolo della confessione.»

«Questa è un'altra menzogna. Sei stato tu a costringere Tommaso a rivelartelo, portandolo a San Severino per poterlo tormentare con le tue domande. Hai persino osato alzare la voce con il tuo maestro. Ti hanno sentito. Pertanto, in nome della giustizia di Dio, ti chiedo per l'ultima volta di dire tutto quello che sai. In caso contrario, chiamerò il cavaliere di Montreveil che aspetta qui fuori e ti affiderò al braccio secolare, affinché tu venga sottoposto alle *quaestiones*... e alla fine me lo dirai lo stesso, te lo garantisco.»

Reginaldo chinò la testa e parlò. «Il giorno della festa di san Nicola, mentre il *magister* celebrava messa nella cappella del santo, fu colto da un improvviso cambiamento. Gli era già accaduto, in forma minore, durante la messa della domenica di Passione, ma questa volta non si riprese. Dopo la messa di san Nicola, non scrisse né dettò più nulla. Appese gli strumenti per scrivere, come gli ebrei che durante l'esilio avevano appeso i loro strumenti musicali. Stava scrivendo il *De substantiis separatis* ed era giunto al tema della Penitenza nella *Somma*. Quando me ne resi conto, gli chiesi: "*Magister*, perché avete messo da parte un'opera così grande che avete intrapreso per la lode di Dio e l'illuminazione del mondo?". Egli mi rispose soltanto: "Reginaldo, non posso". Pensai allora che fosse impazzito per il troppo studio e insistetti più volte affinché riprendesse a scrivere, ma egli si limitò ancora a dire: "Reginaldo, non posso perché tutto quello che ho scritto mi sembra paglia".»

«Paglia?»

«Sì, *magister*, disse proprio così. Ero sbigottito. Disse che la sua opera sterminata, il lavoro di tutta una vita, gli sembrava paglia.»

Yves mormorò: «Continua».

«Ne parlai con il priore. Ritenne anche lui che il *magister* fosse impazzito. Vi era tuttavia anche la possibilità che fosse un'astrazione mentale temporanea, come quelle da cui si destava scuotendolo. Ma Natale passò senza alcun cambiamento. Decidemmo così di portarlo da sua sorella, sperando che servisse a qualcosa. Arrivare fin lì gli provocò grande difficoltà e a stento le rivolse la parola quando lei gli andò incontro. La contessa, molto preoccupata, mi chiese: "Perché è così stupefatto e parla a fatica?". Io le risposi: "È in questo stato dalla festa di san Nicola e da allora non ha scritto più nulla". Approfittando del fatto che eravamo lontani dal convento, iniziai di nuovo a insistere con lui per farmi dire perché avesse smesso di scrivere e fosse così assente e taciturno. Confesso di avergli rivolto le domande in modo importuno, anche alzando la voce. Per quello che può valere a mia discolpa, ritenevo e ritengo importante per tutta la Chiesa di Dio il completamento della sua opera straordinaria. Alla fine, dopo molte insistenze, il *magister* mi disse: "Ti scongiuro per Dio vivo e onnipotente, per la fede che hai nel nostro Ordine e per l'affetto che ti stringe a me di non rivelare nulla di ciò che sto per dirti finché sarò vivo". Poi soggiunse: "Tutto quello che ho scritto mi sembra paglia rispetto alle cose che ho visto e che mi sono state rivelate". Ammise di aver avuto delle visioni e delle rivelazioni, tuttavia si rifiutò di dirmi quali. È la verità, *magister*. Potete anche farmi torturare, ma non potrò dirvi quello che non so.»

«Non ti disse nemmeno chi gli aveva fatto le rivelazioni?»

«Non quel giorno... me l'aveva già detto prima.»

«Quando?»

«Ecco, prima del 6 dicembre c'era stato un altro episodio sul quale parimenti mi aveva ordinato di non dire nulla finché fosse stato vivo. Stava scrivendo un commento sul profeta Isaia ed era giunto a un brano che non riusciva a comprendere del tutto. Sapete come era fatto. Per diversi giorni si afflisse con orazioni e digiuni, pregando Dio di rivelargli il segreto di quella Scrittura. Una notte, dalla mia cella, all'epoca adiacente alla sua, lo udii parlare con qualcuno. Lo raggiunsi, ma non c'era nessuno con lui. Mi chiese di accendere una candela. Lo feci e mi disse: "Prendi il quaderno su Isaia e scrivi". Scrissi ciò che mi dettò sulla spiegazione del passo dubbio, poi mi congedò dicendo: "Figlio mio, va' a dormire". Lo scongiurai in nome di Dio di rivelarmi con chi avesse parlato. Ed egli, non sembrandogli acconcio che io lo scongiurassi in nome di Dio, proruppe in lacrime e disse che Dio aveva avuto misericordia di lui e aveva inviato i santi apostoli Pietro e Paolo a chiarirgli completamente quel dubbio. Quindi aggiunse: "Da parte di Dio, ti ordino di non rivelare nulla di ciò finché sarò vivo". Egli quindi parlava con i santi apostoli che Dio gli inviava.»

«Dunque tu pensi che siano stati i santi apostoli Pietro e Paolo a fargli le rivelazioni che lo hanno ridotto in quello stato?»

«Sì, *magister*. Chi altri? Una conferma la ebbi in seguito, quando mi disse: "Spero che Dio ponga presto fine alla mia vita, come ha posto fine alla mia dottrina". Era stato Dio, quindi, a fargli interrompere il lavoro.»

«Mmm... Non capisco il tuo comportamento. Ci stai dicendo che a tuo avviso sarebbe stato Dio a rivelare a Tommaso qualcosa di così sconcertante da fargli ritenere che tutto quello che aveva scritto fosse paglia e da sconvolgere addirittura la sua mente. Eppure hai raccolto tutta questa paglia e stai persino cercando di coltivarla. Se effettivamente la rivelazione, come tu pensi, fosse arrivata da Dio, quello che stai facendo non sarebbe in contrasto con la sua volontà? Perché non hai bruciato tutto come un gigantesco cumulo di inutilità, assecondando così l'indicazione finale del tuo maestro?»

Reginaldo deglutì. «Non ho potuto... non ho voluto farlo.» Indicò gli scaffali dello *scriptorium* e proseguì: «In questi testi ci sono l'intelletto e la vita stessa del *magister*, nonché il mio umile e oscuro lavoro di quindici anni al suo fianco. Considerarli paglia vorrebbe dire che le nostre vite, quella del *magister*, ma anche la mia, sono state del tutto inutili. Ma non è così! Basta scorrere quelle opere per coglierne la grandezza».

«Convengo sulla grandezza di quanto è stato scritto da Tommaso e ti sottopongo infatti un'altra considerazione. Che senso avrebbe avuto che Dio inviasse i santi apostoli Pietro e Paolo a chiarire a Tommaso un dubbio su Isaia, se tutto ciò che egli aveva scritto fosse stato solo paglia? Dio non può cadere in contraddizione. Hai valutato la possibilità che sia stato qualcun altro a fargli le rivelazioni che lo hanno sconvolto?»

La voce di Reginaldo tremò. «E chi potrebbe essere stato?»

Yves rispose con naturalezza: «Il diavolo, per esempio. Quello sulla cui natura intrinsecamente buona Tommaso si stava interrogando proprio in quei primi giorni di dicembre...».

Gli occhi sporgenti di Reginaldo erano pieni di lacrime. Alle sue spalle, invece, ancora appoggiato alla porta, Berengario guardava Yves con aria trionfante.

L'anziano inquisitore concluse: «Puoi tornare a dormire».

Il socio di Tommaso esitò, poi indicò di nuovo gli scaffali. «Brucerete tutto?»

«No.»

Appena Reginaldo fu uscito, Berengario esclamò: «È stato lui! Ha pensato che Tommaso fosse impazzito e che volesse distruggere le sue opere. Lo ha ucciso per poterle continuare!».

«Uccidere l'autore per salvare l'opera...» commentò Yves. «Il devoto *socius* di Tommaso, che ne ha condiviso nell'ombra i sacrifici ed è innamorato dell'opera del suo maestro, deve aver vissuto l'improvvisa decisione di smettere di scrivere come un tradimento. Un movente possibile per un omicidio. Sarebbe stato, in un certo senso, un delitto d'amore. Reginaldo avrebbe cercato di proteggere Tommaso da se stesso... fino ad ammazzarlo. Ne sarebbe stato capace?»

Berengario incalzò: «Non stava proteggendo frate Tommaso, bensì la sua opera e la sua fama, che ora pensa di ereditare».

«E come avrebbe agito, secondo te?»

«Era sempre con lui! Poteva avvelenarlo come e quando voleva.»

Yves ripensò alla frase di Giovanni da Piedimonte secondo la quale Tommaso era già morto quando lo aveva incontrato a Magentia.

«Tu che cosa suggerisci?»

Berengario sembrava sorpreso e infastidito dagli indugi del suo maestro. Il tono della risposta fu quello che avrebbe usato con un giovane scolaro: «Di sottoporlo subito alle *quaestiones* per farlo confessare».

«Sai bene che in quel modo la gente finisce per confessare quello che gli inquisitori vogliono.»

«Vi ha mentito, non occorre altro per appenderlo alle corde.»

«Trent'anni fa lo avrei fatto, ma con il tempo ho compreso che spesso le *quaestiones* ci allontanano dalla verità. Ci penserò su, Berengario. Intanto fai sorvegliare le uscite. È bene che Reginaldo non esca dal convento.»

«È inutile sorvegliare le uscite, *magister*.»

«In che senso?»

«Lasciatelo a me per mezza giornata e potrete tornare a Lione con il mistero risolto.»

Yves cambiò argomento. «Hai rintracciato i familiari di Bonfiglio Coppa?»

Berengario fece una smorfia. «Sono spariti. Vivevano non lontano da qui, vicino alla chiesa di San Giorgio.[3] Ci sono andato con il cavaliere di Montreveil. Non erano in casa. Abbiamo chiesto ai vicini, ma nessuno li vede da giorni, o almeno così ci hanno detto. Ho comunque avvisato il parroco di San Giorgio.»

«Ecco un altro fatto strano... Si sono nascosti o è accaduto loro qualcosa? E, in entrambi i casi, perché? Tu a chi hai chiesto dove abitassero?»

«Ai fratelli più vicini a Bonfiglio, Tolomeo di Lucca e Guglielmo di Tocco.»

Yves si alzò. «Domani mattina vai a parlare con de Noyelles. Dobbiamo trovarli. Ora andiamo a dormire. Ho bisogno di riordinare le idee» disse.

Bernard, che era rimasto in silenzio fino a quel momento, chiese: «Scusatemi, *magister*, pensate davvero che sia stato il diavolo ad apparire a frate Tommaso? Non potrebbe aver visto Dio?».

Yves non rispose, ma più tardi, disteso sulla branda che era stata di Tommaso, pensò che ancora una volta quel ragazzo avesse toccato il punto fondamentale. Era possibile che tutto fosse stato dovuto a un'esperienza mistica? La visione dell'essenza vera di Dio, che lo aveva indotto a dire a Reginaldo «Ho visto» e a chiudersi nel silenzio, in attesa dell'incontro con l'assoluto. Al cospetto dell'infinito, tutto il resto, comprese le sue opere, diventava ombra, paglia. Le testimonianze avevano descritto Tommaso triste, assente, fino alle drammatiche dichiarazioni che tutto ciò che aveva scritto era solo paglia e che sperava che Dio interrompesse presto la sua vita dopo aver interrotto la sua opera. Quelle parole rivelavano l'abisso che doveva essersi spalancato nel suo animo. C'era tuttavia un dato di fatto che lo stesso Yves aveva riscontrato: ogni volta che Tommaso risolveva uno dei suoi dubbi

[3] Oggi San Giorgio Maggiore.

era preso da una letizia incontrollabile. Era accaduto a Parigi, alla cena con il re, in occasione della visita del cardinale legato e per il commento a Isaia. Se fossero stati gli apostoli inviati da Dio, o Dio stesso, a parlargli anche il giorno di san Nicola, sarebbe stato triste per aver compreso di aver scritto solo paglia, o felice per il contatto divino e le verità che gli erano state rivelate? Il Tommaso che Yves aveva conosciuto, gioviale e curioso, sarebbe stato immensamente contento di essere arrivato alle verità di Dio, anche a costo di essere salito su una montagna di paglia. Se lo rivide davanti, quel Tommaso, ed era certo che gli avrebbe detto sorridendo: «Sono stato più fortunato di te, la mia paglia mi ha portato a Dio».

Iniziò a recitare il Prologo del Vangelo di Giovanni, come faceva quando si sentiva smarrito: «*In principio erat Verbum et Verbum erat apud Deum et Deus erat Verbum*...».

16

La cappella di San Nicola

Napoli, convento di San Domenico, 31 maggio 1274, ora terza

La giornata di sole aveva indotto Yves a passeggiare nel giardino del convento, pieno di piante e di alberi da frutto. Due conversi tiravano su acqua da uno dei pozzi. Bernard lo raggiunse a passo veloce. Parlò a voce bassa, anche se nessuno poteva sentirlo: «Scusatemi, *magister*. Sono stato avvicinato da Guglielmo di Tocco, che Berengario ci ha indicato come uno dei fratelli più vicini a Bonfiglio. Dice di essere a conoscenza di alcuni fatti che riguardano frate Tommaso e vorrebbe parlarne subito con voi. Da solo».

«Dov'è?»

«Vi aspetta in chiesa.»

«Allora continuiamo a camminare verso la chiesa.»

Tornarono al lungo edificio che ospitava il dormitorio dei frati e gli ambienti comuni del convento, lo attraversarono e raggiunsero la chiesa di San Domenico.[1]

Guglielmo di Tocco li attendeva inginocchiato in preghiera davanti all'altare. Attraversando la navata per raggiungerlo, Yves, che aveva vissuto al convento, si soffermò a guardare il grande arco sulla destra che dava accesso alla cappella di San Nicola.

[1] All'epoca, la struttura della chiesa era ancora quella romanica di San Michele Arcangelo a Morfisa, costruita intorno all'anno Mille e consacrata a san Domenico nel 1255, sulla quale, a partire dal 1283, è stata edificata l'attuale basilica di San Domenico Maggiore.

Sentendo il rumore dei passi, il giovane si alzò e andò loro incontro. Era alto e magro, con gli occhi scuri e pochi capelli neri intorno alla tonsura. Salutò inchinandosi, visibilmente emozionato: «*Pax vobiscum, magister.* Vi ringrazio di essere venuto».

«Sono io che ringrazio te. Bernard mi ha detto che volevi parlarmi.»

L'altro parve esitare e Bernard lo tolse dall'imbarazzo: «Vi aspetto nella cappella di San Nicola, *magister*».

Rimasti soli, Yves domandò a Guglielmo: «Perché hai chiesto di vedermi?».

«Vi sarete già accorto che su questo convento aleggia il maligno. Volevo bene a frate Tommaso e ringrazio Dio per avermi dato la possibilità di conoscerlo. La sua morte è stata un grande dolore e, quando ho appreso che eravate stato inviato dal papa per lui, ho pensato che fosse mio dovere riferirvi alcuni fatti che si sono verificati mentre era ancora tra noi. Si tratta di eventi soprannaturali e inspiegabili, che solo voi potrete decifrare.»

Yves gli fece cenno di proseguire.

«Come sapete, il convento ospita anche una scuola per giovani di famiglie devote, dove io insegno a leggere e a scrivere e i primi rudimenti della dottrina cristiana. Alcuni dei ragazzi prendono poi i voti, altri continuano gli studi presso l'università per diventare giudici, notai, medici o funzionari della regia curia. Il *magister* era sempre molto gentile e, nei rari momenti in cui poteva, si fermava a conversare con loro. Furono proprio due di questi ragazzi, Giovanni Blasio e Nino Coppa, a essere testimoni di episodi molto strani, che mi riferirono in gran segreto dopo aver saputo della morte del *magister.* Il primo risale allo scorso novembre e mi fu narrato da Giovanni Blasio. Un giorno, intorno all'ora terza, Tommaso uscì con lui sulla terrazza scoperta vicina alla cella dove egli viveva e apparve un demone sotto forma di un uomo nero che vestiva panni neri. Quando frate Tommaso lo vide, andò contro di lui con il pugno levato, come per percuoterlo, dicendo: "Perché sei venuto qui a tentarmi?". E, mentre gli si avvicinava , il demone scomparve. Il *magister* disse poi a Giovanni di non parlarne con nessuno.»

«Come sapeva che si trattava di un demone?»

«Non lo sapeva. Dopo la morte del *magister* è venuto a chiedermi come fosse il demonio e io, un po' in difficoltà, ho risposto che era come un uomo tutto nero. Insospettito dalla strana richiesta, gli ho comunque rivolto molte domande. Alla fine, mi ha detto che forse aveva visto il *magister* scacciarne uno e mi ha raccontato quello che vi ho riferito.»

«Ed è scomparso quando Tommaso lo ha attaccato?»

«Sì, *magister.*»

«Quanti anni ha Giovanni Blasio?»

«Tredici, ed è uno dei migliori allievi della nostra scuola, tanto che il *magister* a volte conversava con lui. Non penso che se lo sia inventato.»

«Sulla terrazza c'erano altre persone?»

«No. Solo loro due. Il secondo episodio, invece, me l'ha raccontato pochi giorni fa Nino Coppa, il fratello del povero Bonfiglio, di cui avrete saputo la tragica fine...»

«Certo. Dimmi.»

«Nino è più piccolo di Giovanni, ha solo dieci anni. Una notte, mentre con Bonfiglio vegliava il *magister* ammalato nella sua cella, videro entrare dalla finestra della camera una stella luminosissima delle dimensioni della finestra stessa. Restò sul letto dove giaceva frate Tommaso e, dopo un po', uscì da dove era venuta.»

«Una stella?»

«Sì, disse proprio così.»

«Quando?»

«A gennaio, dopo che il *magister* era rientrato da San Severino.»

«E Bonfiglio non ti disse nulla?»

«No, come vi dicevo, Nino me ne ha parlato dopo la scomparsa del fratello, il quale gli aveva ordinato di non farne cenno a nessuno.»

«Hai notato un cambiamento in Bonfiglio negli ultimi tempi?»

«Era preoccupato, taciturno. C'era qualcosa che lo angosciava. Forse presentiva la fine imminente.»

«E tu gli hai chiesto che cosa avesse?»

«Certo che gliel'ho chiesto, ma non mi ha risposto. Ho immaginato che fosse in pensiero per le condizioni del *magister*, al quale era molto legato. Dopo aver parlato con Nino, ho tuttavia compreso che doveva essere rimasto turbato dall'apparizione della stella. Ora c'è un fatto nuovo. So che state cercando Nino, ed è per questo che ho chiesto a Bernard di potervi parlare subito.»

«Nino è scomparso...»

Guglielmo mormorò: «Da alcuni giorni non veniva a scuola, poi Berengario mi ha chiesto dove abitasse e ho capito che poteva essere in pericolo. Non lo ha trovato?».

«No.»

«È un bambino...»

«Lo troveremo, stai tranquillo. Berengario ha parlato con il parroco di San Giorgio. Napoli non è grande... Oltre al demone nero e alla stella, ci sono stati altri fatti inspiegabili?»

«Sì. Una mattina di marzo, frate Paolo dell'Aquila, inquisitore di grande rettitudine e reputazione, ebbe una visione di Tommaso che veniva portato via da san Paolo durante una lezione e gridò: "Aiuto, fratelli, accorrete, ci portano via frate Tommaso!". Era molto agitato. Quando Reginaldo tornò, scoprimmo che frate Paolo aveva avuto la visione proprio mentre il *magister* moriva a Fossanova. Abbiamo quindi tutti pensato che frate Tommaso fosse stato chiamato da san Paolo.»

«Conosco Paolo dell'Aquila, ma non l'ho visto al convento.»

«Ora è in Sicilia, alle prese con i seguaci di Gerardo da Borgo San Donnino.»

«Capisco... Altro?» Il tono di Yves era sconfortato.

«No, *magister*.»

L'inquisitore rispose sovrappensiero: «Ti ringrazio molto, Guglielmo... Appena troveremo Nino sarà mia cura informarti. *Pax tecum*».

S'incamminò lentamente verso la cappella dove lo attendeva Bernard, riflettendo su quello che aveva appena sentito. Tutto era confuso. Il demone nero, la stella, la visione di san Paolo che portava via Tommaso. Le prime potevano essere le fantasie di due ragazzini, ma Paolo dell'Aquila era un inquisitore esperto, non facilmente impressionabile. La sua era stata davvero una visione o Paolo aveva voluto lanciare un segnale a qualcuno? Yves avvertì il bisogno di raccogliersi in preghiera, anche perché non gli sembrava che ci fosse più molto da fare.

Passò sotto l'arco d'ingresso della cappella di San Nicola, il luogo in cui Tommaso aveva ricevuto le rivelazioni che lo avevano trasformato per sempre. Era a pianta rettangolare, senza abside, divisa in due successive campate collegate da un arco trasversale. La luce arrivava da un oculo sulla parete di fondo, dove c'era l'altare, e da due monofore sulla parete di sinistra, una per ogni campata. L'arredamento era costituito da panche e lungo le pareti erano allineati quattro cassoni di legno e due antichi sarcofagi di marmo vuoti, come quello che aveva visto a Fossanova. Sull'altare era appesa una tavola di legno con un dipinto di pregevole fattura che raffigurava Gesù crocifisso tra la Madonna e san Giovanni, su uno sfondo dorato.

Bernard era lì davanti, in piedi. Quando Yves lo affiancò, il giovane indicò il crocifisso. «È magnifico, *magister*. Ci sono integrità, proporzione e chiarezza. Capisco perché frate Tommaso veniva qui a pregare da solo di notte.»

L'inquisitore annuì e si segnò, pensando alle visite notturne di Tommaso in quella cappella. Intonò ad alta voce: «*Pater noster, qui es in caelis*...». Bernard si unì a lui e poco dopo anche una terza voce lo fece.

Al termine della preghiera, Yves e Bernard si voltarono. Dietro di loro c'era frate Domenico di Caserta, l'anziano sacrestano. S'inchinò all'inquisitore. «*Pax vobiscum*, *magister.*»

Yves lo aveva conosciuto all'epoca del suo precedente soggiorno a Napoli, ma non aveva ancora avuto occasione di incontrarlo da solo.

«*Et cum spiritu tuo*, Domenico. Come stai?»

«Viviamo tempi difficili.»

Fu lo sguardo del sacrestano a indurre Yves a dire: «Bernard, aspettami in chiesa».

Il giovane uscì e l'inquisitore non attese che si allontanasse per chiedere: «Che c'è, Domenico?».

«Ecco, *magister*. Noi ci conosciamo da tempo... siete l'unico in grado di fornirmi un consiglio, una guida.»

«Dimmi.»

«Ho peccato... ma questo mi ha consentito di assistere a un miracolo.»

«Che miracolo?»

«Incuriosito dalle frequenti visite di frate Tommaso in questa cappella prima delle *vigiliae*, una notte mi sono nascosto e l'ho atteso. Quando è arrivato, si è inginocchiato e si è raccolto in preghiera, poi ha iniziato a parlare con il crocifisso...»

«Be', anche noi poco fa, pregando, abbiamo parlato con il crocifisso.»

«Non mi sono spiegato, *magister*... A lui il crocifisso rispondeva.»

«Come rispondeva? E che diceva?»

«Gli parlava in latino. "*Bene scripsisti de me, Thoma, quam ergo mercedem recipies?*" "*Non aliam nisi te, Domine.*"»[2]

Yves ebbe un capogiro e respirò a fondo per cercare di mantenere la calma, poi domandò: «Dove ti sei nascosto?».

Il sacrestano indicò un sarcofago di marmo scoperto, addossato alla parete di sinistra. «Mi sono seduto qui dentro. Era notte e la cappella era illuminata solo dal lume a olio che frate Tommaso aveva con sé.»

«Dov'era il lume?»

«L'aveva appoggiato a terra, vicino a lui.»

Yves si avvicinò al sarcofago e lo guardò. «Sei sicuro che non ci fosse nessun altro nella cappella?»

«Ero lì da dopo compieta. Se fosse arrivato qualcuno lo avrei sentito.»

«Hai anche guardato fuori mentre il crocifisso parlava?»

«Sì, ho sollevato la testa e mi sono sporto. Ero nell'ombra e ho visto che Tommaso era in piedi davanti all'altare. Mi è sembrato addirittura più alto e imponente del solito.»

[2] «Tommaso, tu hai scritto bene di me. Che ricompensa vuoi?» «Nient'altro che te, Signore.»

«La voce del crocifisso da dove arrivava?»

«Come da dove arrivava? Dal crocifisso!»

«E parlava latino...»

«Sì, *magister*. Una voce celestiale. È un miracolo che testimonia la santità di frate Tommaso. Il consiglio che vi chiedo è che cosa fare adesso. Non avrei dovuto spiarlo, ma ho assistito a una chiara manifestazione della sua santità. Posso rivelarlo al priore e a tutti i confratelli?»

«Ne hai parlato con qualcuno?»

«No. Siete il primo. Quando vi ho visto qui ho pensato che foste stato mandato da Dio per aprirmi la mente.»

«Per adesso non parlarne ancora con nessuno. È bene che tu lo dica innanzitutto al priore, appena tornerà da Lione. Egli comprenderà che è stata la volontà di Dio a indurti ad attendere qui Tommaso, per consentirti di testimoniare ciò che hai visto e sentito.»

L'anziano sacrestano s'illuminò. «Sapevo di poter confidare nella vostra saggezza, *magister*.»

Tornando in chiesa, Yves pensò per la prima volta che il Concilio di Lione fosse stato provvidenziale.

17

San Gregorio Armeno

Napoli, convento di San Domenico, 31 maggio 1274

Usciti dalla chiesa, Yves e Bernard incontrarono Berengario, il quale li rimproverò in tono benevolo: «Dove eravate? Vi stavo cercando!».

Yves rispose serafico: «Nel primo posto in cui avresti dovuto guardare. In chiesa».

L'altro sorrise. «Certo... ovvio.»

«Hai novità?»

«Sono stato a Castel Capuano e ho detto a de Noyelles che abbiamo bisogno di interrogare il piccolo Nino Coppa e sua madre, ma non riusciamo a trovarli. Mi è sembrato contento del fatto che ci stessimo rivolgendo a lui per cercarli e ha detto che diramerà subito gli ordini del caso.»

Le parole di Berengario fecero balenare un lampo nella mente di Yves. Guglielmo non aveva nominato la madre di Nino. L'anziano inquisitore esclamò: «Bene! Torna a San Giorgio e chiedi al parroco se ha scoperto qualcosa».

Il giovane rispose, perplesso: «Ma l'ho già visto ieri...».

«Sai quanto siano indolenti i parroci. Solo avvertendo una pressione costante e quotidiana da parte nostra si darà da fare. Cerca anche di capire se si sta effettivamente muovendo.»

Berengario si limitò a un poco convinto «Come volete, *magister*», e si diresse verso l'uscita.

Appena si fu allontanato, Yves strinse il braccio di Bernard.

«Trovami subito Guglielmo di Tocco. Digli di tornare in chiesa, poi vai nello *scriptorium* e aspettami lì!»

Poco dopo, in chiesa

«Dove li hai nascosti? Ti conviene dirmelo, prima che li trovi qualcun altro. Sai che non voglio far loro del male.»

Guglielmo di Tocco deglutì, fissò gli occhi di Yves e mormorò: «Come lo avete capito?».

«La madre di Nino... Pur sapendo che il bambino era scomparso, non ti sei minimamente preoccupato di lei, e ciò è strano. Il primo pensiero che ti sarebbe dovuto venire in mente era che Nino fosse con sua madre, o comunque chiedere anche di lei... a meno che non li avessi nascosti tu. Inoltre, sei il maestro di Nino ed eri amico di suo fratello, sei l'unico di cui il bambino si fidi. Devi condurmi subito da lui.»

«Sono in pericolo. Non avevo altro modo di proteggerli.»

«Chi li minaccia?»

«Non lo so, ma è proprio questo ad avermi spaventato.»

«Ho mandato via Berengario e Bernard, e per un po' non mi cercheranno. Portami da loro. Non dirò a nessuno dove si trovano... Hai la mia parola.»

Più tardi, nel convento di San Gregorio Armeno

Il convento di clausura delle monache benedettine non era distante da San Domenico. Guglielmo aveva presentato Yves come inquisitore generale designato dal papa e i due domenicani erano stati ammessi in una delle sale interne del monastero, con una finestra che si apriva sullo splendido chiostro nel quale sorgevano i resti di un tempio romano.[1]

Il piccolo Nino era entrato con la badessa, suor Maria, di mez-

[1] Il tempio della dea Cerere.

za età, piccola, occhi scuri vivaci. Dopo essersi inchinata all'inquisitore, si era ritirata nella stanza di fianco.

Nino era il tipico monello napoletano, scuro di carnagione, capelli neri ricci, aria spavalda. Non sembrava emozionato di trovarsi di fronte all'anziano frate che Guglielmo aveva presentato come fratello e amico di Tommaso d'Aquino.

Il bambino non parlava ancora bene in latino e Guglielmo fece da interprete: «Puoi ripetere al *magister* quello che hai detto a me sulla stella?».

Nino rispose in napoletano e il frate tradusse: «Il maestro Tommaso era buono con me. Era sempre contento di vedermi e una volta mi allungò un biscotto appena sfornato dicendomi: "Devi crescere forte, Giovanni. Porti un nome pesante". Da allora, quando mi incontrava, tirava sempre fuori dalla tasca un biscotto che teneva da parte per me. L'ho anche sentito predicare. Sapeva farsi capire non solo dalle persone importanti, ma anche dalla povera gente. Diceva che Dio è padre, ti vuole bene come un padre e gli puoi chiedere qualunque cosa, dandogli del tu. Sapete, mio padre non l'ho mai conosciuto. Così, quando ho sentito che il maestro si era ammalato, ho chiesto a Bonfiglio di potergli fare compagnia mentre lo vegliava. Quella notte non ho chiuso occhio, ero contento che mio fratello mi avesse portato con sé. Ricordo che dal letto arrivava il respiro del maestro addormentato, e anche Bonfiglio dormiva su uno sgabello appoggiato alla parete, dopo avermi detto tante volte di stare zitto e fermo. Così mi sono seduto sul pavimento e mi sono avvolto nella coperta che mi aveva dato, perché faceva freddo. Ogni volta che stavo per addormentarmi, pensavo che dovevo tenere gli occhi aperti. La notte non poteva essere così lunga e al mattino i frati sarebbero venuti con il latte caldo anche per me. Allora ho visto una luce che arrivava da fuori, ma non poteva essere già giorno. La finestra si è aperta da sola, piano piano, e ho sentito l'aria gelata. Poi è entrata una luce, una stella che si è fermata sul letto e sulla testa del maestro. È rimasta lì fino a quando ho dato una botta a Bonfiglio e gli ho detto: "È entrata una stella!". Ma la stella mi ha sentito ed è uscita subito».

Yves chiese: «Bonfiglio è riuscito a vederla?».

Guglielmo tradusse: «Sì, e si è spaventato molto».

«Che cosa ha detto?»

Nino comprese la domanda e cercò di rispondere in latino: «L'angelo dell'Apocalisse». Poi non riuscì a trovare le parole e continuò in napoletano: «Bonfiglio mi ha ordinato di non parlarne con nessuno, ma dopo che lo hanno ammazzato io l'ho detto a maestro Guglielmo».

Yves proseguì, rivolgendosi direttamente al bambino: «Bonfiglio è stato ammazzato per la stella?».

Nino lo guardò disperato. Tutta la sua spavalderia d'un tratto era scomparsa. Cercò ancora di parlare in latino: «Io dissi che se la stella la portava un angelo doveva essere buona, invece lui rispose che ci sono anche angeli cattivi». Due lacrime gli rigarono la guancia.

I due frati si guardarono, poi Yves disse: «Andiamo dalla badessa».

Suor Maria li attendeva nella stanza adiacente.

«Madre, vi ringrazio per quello che state facendo per questo bambino e per sua madre» le disse l'inquisitore. «Vi prego di tenerli presso di voi fino a quando io stesso o frate Guglielmo vi comunicheremo che non corrono più alcun pericolo. È anche importante che continuiate a mantenere il massimo riserbo sulla loro presenza nel convento con chiunque, anche con gli inquisitori e gli uomini del re.»

La benedettina rispose: «Non preoccupatevi. Ero comunque convinta che foste voi l'inquisizione».

«E adesso di che cosa siete convinta?»

«Non so più che pensare, padre...»

«Gli abati e le badesse benedettine sanno sempre che cosa pensare, anche se preferiscono non darlo a vedere. A proposito, alcuni anni fa avevo incontrato a Benevento la badessa del vostro convento, una sorella molto devota. Suor Agnese, se la vecchiaia mi consente di ricordarne il nome...»

«Sì, suor Agnese, al secolo Eleonora di Sanframondi. È ancora lì.»

La risposta della suora era stata secca. Evidentemente, Agnese non doveva essere simpatica nemmeno a lei.

✠ ✠ ✠

Attraversando i vicoli chiassosi verso San Domenico, Yves procedeva a capo chino, mentre Guglielmo commentava l'incontro con Nino. «Capirete adesso perché ho cercato di proteggerli. Bonfiglio aveva citato l'angelo dell'Apocalisse, ma nell'Apocalisse di angeli ce ne sono tanti. A quale voleva riferirsi?»

«Tu che cosa hai ipotizzato?»

«Che non ci fosse solo la stella, ma anche l'angelo. È possibile che sia stato un evento soprannaturale, chi sono io per dubitarne? Ma se così non fosse, e invece qualcuno avesse introdotto un veleno nella cella appendendolo a un bastone e utilizzando la finestra che si apre sulla terrazza scoperta? Bonfiglio può averlo visto, comprendendo dopo la morte di frate Tommaso di aver assistito al suo avvelenamento. Deve quindi essersi tradito con l'assassino, che ha ucciso anche lui.»

«E che cosa potrebbe essere stata la stella? Un veleno luminoso? Ne conosci uno? E perché utilizzare un bastone e introdurlo di notte dalla finestra?»

«Non sono un esperto di veleni e non so il perché della finestra, ma se fosse stata una sostanza pericolosa sarebbe ragionevole pensare che l'assassino non volesse entrare in contatto con essa. In ogni caso, la morte di Bonfiglio non è stata un evento soprannaturale.»

Yves ripensò al corpo luminoso di Tommaso che aveva visto a Fossanova e soggiunse: «Hai operato bene, Guglielmo».

«Vi ringrazio, *magister*.»

Convento di San Domenico, all'ora dei vespri

Yves uscì sulla terrazza. Il cielo al tramonto era pieno di rondini e soffiava una leggera brezza. Si avvicinò alla finestra della cella di

Tommaso e la spinse. Si aprì senza alcuna resistenza. Era sempre stata così o era stata manomessa per consentire a qualcuno di aprirla agevolmente dall'esterno?

Cercò di guardare dentro, ma non riuscì a vedere il letto, nemmeno sollevandosi sulle punte dei piedi. Riaccostò la finestra, tornò nella cella e spalancò la porta. La corrente fece in modo che la finestra si schiudesse da sola. A gennaio, avrebbe potuto esserci più vento.

Si chiese ancora una volta che cosa fosse la stella vista da Nino. Un segnale divino, uno sconosciuto veleno luminoso, come ipotizzava Guglielmo, o più semplicemente un lume retto da qualcuno entrato dalla porta, che il bambino nel dormiveglia non aveva visto, ma che Bonfiglio aveva invece riconosciuto? Magari qualcuno incappucciato e vestito di nero, come il demone visto da Giovanni Blasio. Era difficile che il bambino, immobile e avvolto in una coperta, fosse completamente sveglio, e lui aveva ammesso che si stava addormentando.

Qualcuno bussò alla porta e l'inquisitore disse a voce alta: «È aperto!».

Ruggero di San Floro entrò nella stanza.

«Buonasera, *magister*. Godefroy mi ha detto di raggiungervi qui.»

«Sì, cavaliere, ho un incarico da affidarvi.»

✠ ✠ ✠

La porta della cella si aprì lentamente e un angelo alto e nero scivolò dentro. Il suo volto era luminoso come il sole e teneva in mano un piccolo libro aperto. Ruggì come un leone. Dopo il ruggito, alcuni tuoni fecero sentire la loro voce. Il frate prese uno stilo, un foglio di pergamena e si accinse a scrivere, ma il crocifisso appeso alla parete gridò: «Metti sotto sigillo quello che hanno detto i sette tuoni e non scriverlo!».[2]

Yves si svegliò di colpo. Era tutto sudato e il cuore gli batteva

[2] Apocalisse 10,4.

forte. Nella cella non c'era nessuno. Si alzò, si avvicinò alla finestra e l'aprì.

Respirò a pieni polmoni l'aria fresca di quella prima notte di giugno e ringraziò il suo amico Tommaso per avergli fatto vedere una luce.

18

Il filo di paglia

Napoli, convento di San Domenico, 1° giugno 1274, dopo le laudi

«Che cosa avrebbe fatto Tommaso al nostro posto? Avrebbe sparso davanti a sé i tasselli raccolti finora e avrebbe cercato di ricostruire il mosaico.»

Yves passeggiava nello *scriptorium* davanti a Berengario e Bernard. Proseguì: «L'allontanamento di Tommaso da Parigi, il suo lavoro a Napoli, le frequenti astrazioni mentali, la convocazione per il Concilio, l'ultimo incontro con il re, la tesi di Filippo di Castrocielo sulla malattia e le sue possibili cause, il viaggio verso Lione, l'erborista di Fossanova, le esequie all'abbazia, le spie di Carlo a Lione... e tutto il resto. Si tratta di trovare un filo che colleghi tutto e che ci porti alla verità. Un filo molto esile, come un filo di paglia».

I due giovani lo guardavano incuriositi. L'inquisitore continuò: «Ho provato a riflettere su cinque diverse ipotesi. La prima: Tommaso è stato avvelenato per ordine di Carlo d'Angiò, come qualcuno sospetta a Lione. Carlo avrebbe avuto un movente. Baldovino di Courtenay è morto con i suoi commensali e aveva mangiato funghi. Può essere stata la gola a ucciderlo, oppure qualcuno può averlo avvelenato. Per una singolare coincidenza, Filippo di Castrocielo, il maestro di medicina di Napoli, si trovava a poche miglia da lì. Ha esaminato i cadaveri e ha confermato l'avvelenamento da funghi, chiudendo così la vicenda. Potrebbe aver manifestato invece dei dubbi a Tommaso, di cui era molto amico? Il re nega di aver visto Tommaso prima della partenza per Lione. Perché? L'incontro non c'è mai stato, come lascia intendere anche Reginaldo, oppure c'è stato ed effettivamente il nostro fratello, alla domanda di Carlo, ha risposto che avrebbe detto al papa "semplicemente la verità" su di lui? Se l'incontro vi fosse stato, anche il fatto di averlo negato sarebbe un grave indizio contro il re. Udendo quelle parole, un uomo sospettoso come lui avrebbe pensato al peggio e, pur stimando Tommaso, non avrebbe esitato a ucciderlo. Come? Gli serviva la complicità di qualcuno vicino a Tommaso. Chi? E quale veleno potrebbe essere stato utilizzato, e dove? Avrebbe dovuto trattarsi di un veleno poco noto, che lo ha progressivamente spento, ma i cui effetti potrebbero essere stati riconosciuti dall'erborista di Fossanova, che aveva letto il *Rhizotomikon* di Crateuas».

Berengario commentò: «Il complice di Carlo d'Angiò può essere solo Filippo di Castrocielo. Era amico e medico di Tommaso e conosce sicuramente tutti i veleni esistenti, magari ha anche una copia di quel libro. Chi meglio di lui avrebbe potuto somministrargli preparati medicinali e avvelenarlo lentamente, in modo che nessuno se ne accorgesse? Con noi ha invece negato che frate Tommaso fosse stato avvelenato, tirando fuori la storiella dell'apoplessia, ma se l'avesse avvelenato lui si sarebbe comportato esattamente così. Il punto è che non possiamo arrestare il medico del re e sottoporlo alle *quaestiones* per farlo confessare. Possiamo solo chiedere a Reginaldo se Castrocielo somministrasse medicine a frate Tommaso e sperare che l'erborista riferisca qualcosa di interessante a Jean a Lione. Potrete comunque parlarne con il papa».

Yves riprese la parola. «Passiamo alla seconda ipotesi. Tommaso può essere stato avvelenato a Magentia o a Fossanova? Il conte Annibale da Ceccano potrebbe aver avuto un movente. Egli vive ancora nei territori della Chiesa e non osa mettere piede nel regno. Al di là di quello che ci ha detto, non deve essere rimasto molto soddisfatto di come Tommaso ha condotto la vicenda del testamento di Ruggero dell'Aquila, o di come ha perorato la sua causa con il re, visto il risultato. Tommaso potrebbe quindi essere stato avvelenato al castello di Magentia. L'erborista di Fossanova se n'è accorto e ha insistito per portarlo via. Il nostro fratello ha accettato di buon grado, in ossequio alla Regola che prescrive che, quando non sono disponibili conventi dell'Ordine, il frate debba cercare ospitalità presso altri religiosi. Ma era stato già avvelenato ed era consapevole che a Fossanova poteva solo morire. Oppure può essere stato Teobaldo da Ceccano, l'abate di Fossanova, a eliminare Tommaso servendosi proprio dell'erborista, esperto di veleni? Per Teobaldo non avremmo tuttavia un movente, se non immaginando un collegamento tra lui e Annibale, appartenenti alla stessa famiglia, o qualche sentimento di vendetta nei confronti di Tommaso, per motivi a noi sconosciuti. Questa seconda ipotesi, chiamiamola Magentia o Fossanova, mi sembra tuttavia poco probabile. Da tutto quello che abbiamo potuto accertare, risulta chiaramente che Tommaso stava già male molto prima di arrivare a Magentia.»

Berengario e Bernard annuirono.

Yves riprese: «Terza ipotesi. Potrebbe avere ragione Filippo di Castrocielo. Tommaso è morto di morte naturale. Era abbastanza avanti negli anni, sovrappeso, e il medico Giovanni di Guido ci ha detto che le sue urine sapevano di miele, sintomo di una malattia che ha chiamato diabete. Conduceva tuttavia una vita frenetica e dormiva poco. Il 6 dicembre potrebbe essergli venuta effettivamente un'apoplessia, aggravata poi dal colpo alla testa che secondo Reginaldo avrebbe preso a nord di Teano, o anche da uno scossone qualsiasi, che avrebbe definitivamente fatto precipitare una situazione già compromessa».

Fece una pausa. «La quarta ipotesi, forse la più dolorosa da considerare, è che sia stato proprio Reginaldo a ucciderlo. L'improvvisa decisione di Tommaso di smettere di scrivere non è stata condivisa, né compresa dal suo *socius*. Ha pensato che Tommaso fosse impazzito e non ha esitato a interrogarlo con improntitudine. A San Severino c'è mancato poco che lo sottoponesse alle *quaestiones*. Ha anche tenuto riservata all'esterno dell'Ordine la decisione di Tommaso, scrivendo la risposta ai dubbi teologici di Bernard d'Ayglier e dei suoi monaci. Non è affatto disponibile a considerare paglia l'opera del suo maestro, anzi la sta continuando. Di fronte al rischio che lo stesso Tommaso la distruggesse, potrebbe aver deciso di porre fine ai suoi giorni terreni. Era sempre con lui e l'occasione non gli è certo mancata. A Magentia, Giovanni da Piedimonte potrebbe essersene accorto e aver quindi insistito per trasportare l'infermo a Fossanova.»

Bernard intervenne: «Ma lo stesso Reginaldo ci ha detto che sperava in una nomina di frate Tommaso a cardinale, al Concilio, e che la considerava importante per il nostro Ordine e la Chiesa universale. Quindi voleva che arrivasse a Lione!».

«Ci ha anche riferito la risposta negativa di Tommaso» ribatté Yves, «e potrebbe essere stata proprio questa risposta a determinarlo ad agire.»

«Se fosse stato lui, avrebbe avuto interesse a non riferirci questa risposta» obiettò Bernard.

L'anziano inquisitore convenne: «Ci ho pensato... Così come avrebbe avuto interesse a confermare l'ultimo incontro di Tommaso con il re. Vi è poi una quinta ipotesi. Tommaso è stato avvelenato da qualcun altro, qui a Napoli. Qualcuno che non aveva letto il libro di Crateuas e che non aveva bisogno di leggerlo. Ha utilizzato un veleno diverso, portando Tommaso al cedimento mentale che Castrocielo ha interpretato come conseguenza di un'apoplessia e Reginaldo come vera e propria follia».

«E quale veleno potrebbe aver usato?» chiese Bernard.

«L'orgoglio di Tommaso per la sua opera, da cui discendeva addirittura il desiderio, soprattutto negli ultimi tempi, di conoscere che cosa Dio pensasse di essa. Ricordiamo l'apparizione dei santi apostoli Pietro e Paolo descritta da Reginaldo, nonché il sogno di Romano di Roma che ci è stato narrato da Tolomeo di Lucca. La prima richiesta di Tommaso a Romano è stata di sapere se le sue opere fossero apprezzate da Dio; la seconda, se le conoscenze acquisite in questa vita fossero conservate nell'altra. La domanda su come nell'aldilà si vedesse Dio è stata solo la terza. Vi è poi un altro episodio che si è aggiunto a questi. Sappiamo che Tommaso frequentava la cappella di San Nicola e vi si recava anche da solo prima delle *vigiliae*. Proprio in quella cappella, il 6 dicembre, è accaduto qualcosa che lo ha profondamente cambiato, ma si era anche in precedenza verificato un evento incredibile, di cui è stato testimone un altro fratello. Questi si era nascosto di notte nella cappella e ha sentito Tommaso dialogare con il crocifisso. In particolare, il crocifisso gli avrebbe detto in latino: "Tu hai scritto bene di me. Che ricompensa vuoi?", e Tommaso avrebbe risposto: "Nient'altro che te, Signore".»

«Ve l'ha detto Domenico di Caserta, vero?» commentò Berengario, sarcastico. «Non può essere stato che lui, ma probabilmente aveva bevuto troppo vino, si è addormentato e se l'è sognato.»

Yves sollevò entrambe le mani, come a chiedere di farlo finire, e proseguì: «A me è sembrato sobrio, e convinto di aver assistito a un miracolo. Comunque, ipotizziamo per un attimo che frate Domenico non abbia sognato. In tal caso, le possibilità sono solo due. O effettivamente si è verificato un evento soprannaturale davanti al quale non potremmo che prostrarci a terra attoniti, oppure nella cappella c'era qualcun altro che ha parlato a Tommaso, facendogli credere che stesse dialogando con il crocifisso. Questa persona, in successivi colloqui ai quali il sacrestano non ha assistito, potrebbe aver fatto a Tommaso le rivelazioni che lo hanno portato a interrompere la sua attività, ovvero a un'emozione così forte da provocargli l'apoplessia di cui parlava Filippo di Castrocielo».

«E quale sarebbe stato il movente di questo qualcuno?» chiese Bernard.

«Se lo sapessi, lo avrei già individuato. Potrebbe comunque essere il caso di andare a dare un'occhiata più approfondita alla cappella...»

Poco dopo, nella cappella di San Nicola

I tre frati s'inchinarono davanti alla tavola con il crocifisso, poi Yves indicò i due sarcofagi di marmo. «Il sacrestano si è nascosto in uno di quelli. Se ci fosse stato qualcuno nell'altro, se ne sarebbe accorto. Per indurre in errore Tommaso, la voce sarebbe dovuta arrivare dal crocifisso, o dai suoi pressi. Dobbiamo quindi esaminare la parete dell'altare, considerando che di notte l'unica luce veniva dal lume che Tommaso aveva con sé. Verificheremo poi i cassoni lungo la parete.»

La ricerca fu rapida: l'altare era appoggiato al muro e non c'erano possibili nascondigli nei suoi pressi. Due cassoni erano vuoti, altri due invece pieni e chiusi a chiave. Bernard e Berengario li spostarono a fatica.

Yves scosse la testa. «La voce di qualcuno che si fosse nascosto in un cassone sarebbe arrivata da un lato della cappella e non dal crocifisso. Tommaso e Domenico di Caserta se ne sarebbero accorti. Comunque me li farò aprire dal sacrestano. Voi andate pure. Ci vediamo più tardi.»

Rimasto solo, si diresse verso la sacrestia. Frate Domenico non c'era. Decise di attenderlo e tornò in chiesa, iniziando a pregare. Recitò il *Pater Noster* a occhi chiusi e al termine una voce rispose: «Amen».

Si voltò. Domenico di Caserta era sull'ingresso della sacrestia. L'inquisitore pensò che quell'uomo continuasse a materializzarsi all'improvviso e gli chiese: «Dov'eri? Ero passato un attimo fa e la sacrestia era vuota».

L'anziano gli si avvicinò e sorrise. «Questa città è fatta anche di vuoti, *magister*.»

«Che significa?»

«Ero nei sotterranei.»

«Ci sono dei sotterranei?»

«Non lo sapete? Sotto il convento e sotto tutta Napoli si estendono gallerie, cunicoli, grotte, resti di acquedotti e di antichi templi, per miglia e miglia. Proprio qui, in profondità, c'è l'acqua fresca e pura dell'acquedotto della Bolla e caverne che potrebbero contenere mille persone.[1] Al livello superiore, quello più vicino alla superficie, ci sono dei locali che utilizziamo come depositi.»

[1] Durante la Seconda guerra mondiale, sotto il convento di San Domenico c'era un ricovero antiaereo idoneo a ospitare tremila persone. Oggi è inaccessibile.

Yves arricciò le labbra, quindi disse: «Interessante... Mi piacerebbe visitare queste caverne».

Domenico scosse la testa. «Non sono posti dove si possa scendere con la tonaca.»

«Sapremo attrezzarci.»

Il sacrestano proseguì: «Ci sono delle scale nel giardino, oppure ci si può calare nei pozzi ma, come dice l'Evangelista, "non hai un secchio e il pozzo è profondo"».[2]

«Ci sono sotterranei anche sotto la cappella di San Nicola?»

«Sì, ma non sono collegati con la cappella.»

«Come fai a esserne certo?»

«Sono qui da trent'anni.» Il sacrestano fece una pausa e chiese, con aria triste: «Non avete creduto al miracolo?».

«Ho creduto a te, Domenico. Come sai, tuttavia, di fronte a un evento soprannaturale, è necessario condurre tutte le verifiche, per escludere ogni altra possibile causa.»

«Se volete, vi condurrò all'acquedotto della Bolla e alle caverne. Era per questo che mi cercavate?»

«No. Volevo sapere che cosa c'è nei due cassoni chiusi della cappella di San Nicola.»

«Suppellettili in argento e paramenti sacri che il priore preferisce far annerire e non utilizzare.»

«Li puoi aprire?»

«Le chiavi le ha il priore. Ma se me l'ordinate voi, potrei rompere le serrature anche subito.» Sogghignò, aggiungendo: «Così potremmo utilizzarli».

Yves alzò gli occhi al cielo e un attimo dopo pensò: "Sono stato uno sciocco".

[2] Giovanni 4,11.

19

L'erborista

Lione, monastero dell'Île Barbe, 9 giugno 1274, ora sesta

Trovare l'abate di Fossanova a Lione in quei giorni non era stato facile. La città brulicava di monaci, frati e prelati provenienti da ogni angolo della Cristianità. Jean de Montfort non si era tuttavia perso d'animo e, alla fine, aveva trovato Teobaldo da Ceccano nel grande monastero dell'Île Barbe, costruito sull'isola in mezzo alla Saône dove secondo la leggenda si era rifugiato il centurione Longino, dopo aver trafitto con la sua lancia il costato di Cristo.

Teobaldo sembrava più vecchio dei suoi quarantacinque anni, basso, calvo e appesantito dall'adipe. Era sorpreso dalla visita del giovane conte. Non lo aveva mai incontrato prima, ma sapeva che era uno dei principali vassalli di Carlo d'Angiò e che aveva partecipato alla conquista del regno e alla crociata a Tunisi.

Lo aveva ricevuto in una delle stanze della foresteria. Jean s'inchinò e l'abate disse: «*Pax vobiscum*, conte. In che cosa posso esservi utile?».

«Reverendo padre, mi invia frate Yves le Breton dell'Ordine dei predicatori, inquisitore generale. Mi sono recato insieme a lui a Fossanova su incarico del papa per indagare le cause della morte di frate Tommaso d'Aquino e nel corso delle verifiche è emersa l'utilità di rivolgere alcune domande a frate Giovanni da Piedimonte, ovviamente con il vostro permesso. Sono qui per questo.»

Teobaldo barcollò, poi chiese, come incredulo: «Il papa ha inviato Yves le Breton a Fossanova?».

«Sì, reverendo padre.»

«Che cosa pensano? Che l'abbiamo ucciso noi? È assurdo! Abbiamo pregato per lui, abbiamo cercato di curarlo e gli abbiamo infine tributato solenni esequie, seppellendolo nell'abbazia, come aveva chiesto. Nessuno dei suoi superiori si è fatto vivo ai funerali, e ora un inquisitore domenicano arriva a Fossanova mentre io sono qui e non vengo nemmeno avvisato!»

«Nessuno di noi può giudicare la scelta di chi ha affidato a frate Yves la sua missione» rispose seccamente Jean. «Il mio compito è di interrogare l'erborista della vostra abbazia, in attesa che possa farlo anche il *magister*.»

L'abate impallidì. «Lo porterete via per interrogarlo?»

«Non è necessario. Posso farlo qui.»

«E poi arriverà anche Yves le Breton?»

«Sarà a Lione verso fine mese.»

«Voglio parlare con lui!»

«Come volete, reverendo padre. Ora vi prego di far venire frate Giovanni e di lasciarmi solo con lui.»

L'abate uscì borbottando. Dopo non molto, entrò un monaco di circa quarant'anni, media statura, magro, con la barba brizzolata e i capelli arruffati intorno alla tonsura. Sembrava tranquillo. Parlò a bassa voce: «*Pax vobiscum*, sono Giovanni da Piedimonte».

Jean sorrise. «Finalmente...»

«L'abate mi ha detto che volete interrogarmi per conto di un inquisitore domenicano.»

«Frate Yves le Breton. Inquisitore generale designato dal papa per investigare sulla morte di frate Tommaso d'Aquino. Una missione molto riservata. Sono stato con lui a Fossanova e ci sono stati riferiti alcuni vostri commenti, per i quali il *magister* ha ritenuto di dovermi inviare a rivolgervi delle domande e a chiedervi comunque di attendere il suo arrivo a Lione, a fine mese.»

«Quali commenti?»

«Anselmo da Sessa ci ha detto che secondo voi Tommaso era

già morto quando lo avete visto per la prima volta a Magentia. È una considerazione che ha incuriosito il *magister*, il quale ha anche rinvenuto nell'erboristeria un rarissimo libro sui veleni scritto da un certo Crateuas, di cui in passato aveva fatto bruciare un esemplare.»

Giovanni da Piedimonte si allarmò. «Non avrà mica bruciato anche il nostro?»

«Non ancora... Dunque, com'è morto frate Tommaso? Vi ricordo che sono stato delegato da un inquisitore e che dovete dirmi tutto ciò che sapete.»

«Allora dovrei tacere, perché non so come è morto. Mi dispiace che siate dovuto arrivare fin qui, ma quello che posso riferirvi sono solo le opinioni di un povero monaco erborista, derivanti dalla sua esperienza e dai suoi studi, che hanno ovviamente incluso anche quel libro... Posso quindi iniziare a dirvi come secondo me *non* è morto Tommaso d'Aquino. Non è morto per la botta alla testa che, stando a frate Reginaldo, avrebbe preso lungo la strada contro il ramo di un albero. Tra l'altro, non ho visto alcun segno di questa botta. Non è morto avvelenato. Non conosco un veleno che possa aver prodotto quegli effetti. Non è morto di diabete. Giovanni di Guido, il medico di Piperno, riteneva che fosse affetto da questa malattia, ma essa, pur grave, non lo avrebbe portato a morire così.»

«Perché avete detto che era già morto a Magentia?»

«Perché aveva importanti difficoltà a muoversi e a parlare, che denotavano un radicale, profondo cambiamento rispetto all'uomo che aveva predicato con facondia, scritto opere lunghe e complesse e percorso nella sua vita migliaia di miglia. A Magentia mi sono trovato di fronte un uomo con la mente malata, il cervello danneggiato.»

«Non potrebbe essere stato un veleno sconosciuto?»

«Se non lo conosco io, non lo conosce nessuno, almeno dalle nostre parti. Questo ve lo posso garantire. Chi avrebbe potuto somministrarglielo?»

«All'epoca, a che cosa pensaste?»

«Pensai a una malattia che Galeno chiamava *apoplexia*, determinata dall'inondazione improvvisa nei ventricoli cerebrali di un umore freddo e malinconico.»

«Che cosa la provoca?»

«Non si sa. Il peso eccessivo del corpo, i ritmi di vita frenetici, un'emozione molto forte, o tutte queste cose insieme.»

«Perché l'avete trasferito a Fossanova?»

«A volte questa apoplessia non produce danni irreparabili, e le condizioni di frate Tommaso mi facevano sperare che non lo avesse colpito in modo grave. In altri casi che ho visto, la vittima era rimasta paralizzata o aveva perso l'uso della parola. Egli aveva difficoltà a muoversi, ma rispondeva in modo coerente agli stimoli esterni e su richiesta del nostro priore fu in grado di rievocare un episodio accaduto a Parigi tanti anni prima. Ho quindi pensato che portandolo in una casa di Dio, circondato dalle nostre cure e dalle nostre preghiere, potesse riprendersi. Ho fatto di tutto per curarlo, ma si è rapidamente aggravato. Il Signore lo voleva con sé.»

«Questo aggravamento da che cosa potrebbe essere stato causato?»

«Da qualunque cosa. Potrebbe aver effettivamente preso una botta alla testa o uno scossone, che hanno aggravato il danno cerebrale, consentendo all'umore di cui parlava Galeno di diffondersi in tutto il corpo. Forse persino il viaggio a dorso di mulo da Magentia a Fossanova non gli ha fatto bene. Ripensandoci, quel viaggio è stato un errore anche mio.»

«Voi siete stato molto vicino a frate Tommaso nei suoi ultimi giorni. Vi ha detto qualcosa che possa aiutarci a fare luce su quello che ha scatenato questa malattia?»

«Nulla di chiaro. Una volta mi disse che Dio aveva voluto interrompere la sua dottrina e che ora stava interrompendo anche la sua vita. Una frase che mi ha colpito molto e alla quale ancora oggi penso spesso.»

«Che cosa intendeva, secondo voi?»

«Non lo so. Qualcosa che riguardava una cappella.»

«Quale cappella?»

«Una cappella di Napoli. Era lì che qualcosa doveva averlo

profondamente turbato. Qualcosa che aveva a che fare con la sua dottrina.»

Più tardi, sulla barca che lo riportava in città, Jean non era tranquillo. L'erborista era convinto che qualunque cosa fosse accaduta a Tommaso si fosse verificata nel convento di San Domenico a Napoli, proprio dove si era recato Yves le Breton. Il *magister* poteva essere in pericolo, e lui non era lì a proteggerlo.

20

L'angelo dell'Apocalisse

Napoli, convento di San Domenico, 10 giugno 1274, compieta

«Ho fallito ancora, come a Tunisi...»

Yves passeggiava a capo chino nel chiostro con Berengario. La sera di Napoli era profumata di fiori e di mare. Bernard si era già ritirato. Negli ultimi giorni lo faceva spesso, e appariva triste e taciturno, come consapevole della sconfitta incombente.

«Presto arriverà la nave che mi riporterà ad Arles» proseguì l'anziano inquisitore. «Tornerò dal papa e gli dirò di non essere riuscito ad accertare la verità. Per usare le parole di Tommaso, ho trovato solo paglia.»

«Era una missione difficile, *magister*, e avete fatto tutto il possibile. La verità la conosce soltanto Dio.»

«Hai ragione... La verità la conosce Dio. Non mi resta che rivolgermi a Lui, prima di andarmene. Questa notte mi recherò a pregare nella cappella di San Nicola, come faceva Tommaso... Ti va di accompagnarmi?»

«Ne sarei onorato, *magister*.»

Più tardi, quella notte

La cappella era immersa nell'oscurità e il lume a olio impugnato da Berengario proiettava ombre sinistre che si muovevano sulle pareti. I due frati si fermarono davanti all'altare sovrastato dalla tavola con il crocifisso e si inginocchiarono. Berengario posò a terra il lume. Yves recitò il *Pater Noster*, poi l'Ave Maria, quindi il *requiem* e il Prologo di Giovanni. Al termine, volse gli occhi all'immagine di Cristo e disse: «Signore onnipotente, ti affido anche qui, come a Fossanova, l'anima del nostro fratello Tommaso, un uomo santo e buono, che hai chiamato a te da questa vita. Non sono riuscito a punire coloro che gli hanno fatto del male, ma sono certo che essi riceveranno il giusto castigo e saranno gettati nella Geenna, dove il loro verme non muore e il fuoco non si estingue».[1]

Nel silenzio della notte, si udì una voce metallica che sembrò provenire dal crocifisso: «Sai chi sono. Puoi essere certo che saranno gettati nella Geenna».

Balzando in piedi, Berengario esclamò: «Che scherzo è mai questo?».

Yves si alzò a sua volta e rispose con aria mesta: «Lo stesso che tu hai fatto a Tommaso... Il veleno che lo ha fatto morire».

«Siete impazzito?»

«Sai bene che non lo sono. Hai detto troppe bugie, Berengario. Hai sostenuto di non esserti interessato di quello che Tommaso stava scrivendo, ma ti è sfuggito un commento sulla bontà del diavolo, un tema affrontato nel *De substantiis separatis*, l'opera incompiuta. Tu non eri nello *scriptorium* quando ne ho parlato con Bernard. Come facevi a saperlo se ti disinteressavi di quello che Tommaso stava scrivendo? In realtà non te ne stavi affatto disinteressando. Lo sapevi benissimo e ti è restato addosso un filo di paglia.»

«È Bernard, vero?» chiese Berengario, indicando il crocifisso.

«Sì. Ha parlato dall'oculo sulla parete, accessibile dal tetto del convento. Ha indossato l'elmo pesante di un cavaliere per camuffare la voce. Non so che cosa hai utilizzato tu, forse un trucco simile. Perché lo hai fatto, Berengario? Tommaso era un uomo buono e inoffensivo.»

All'incerta luce della lampada, il volto del giovane inquisitore

[1] Marco 9,48.

era nella penombra. D'un tratto, la sua somiglianza con Mathieu de Bourbon sembrò accentuarsi e anche il suo tono fu duro. «Non era inoffensivo! Se non fosse stato fermato, avrebbe causato la rovina del nostro Ordine. Ha scritto che c'è un'unica forma sostanziale, che l'universo è eterno come Dio e che anche per i peccati contro Dio, come l'eresia, deve essere praticata la correzione fraterna. Qui a Napoli stava scrivendo un trattato sulla bontà intrinseca di Satana. Lo avete letto voi stesso. La mia fede, il mio ufficio di inquisitore, tutto quello che proprio voi mi avete insegnato mi imponevano di fermarlo! Voi avreste fatto lo stesso. Era mio dovere controllare quello che scriveva, dopo il suo allontanamento da Parigi e dopo i dubbi avanzati sui contenuti eretici delle sue tesi dai più insigni teologi domenicani e francescani, come Robert Kilwardby, Bonaventura da Bagnoregio, il vescovo di Parigi e tanti altri. Era impazzito e non c'era altro modo di fermarlo senza distruggere con lui l'Ordine dei predicatori. Ho fatto ciò che andava fatto e ho utilizzato solo la parola, invece del fuoco di un rogo. Dovreste apprezzarlo.»

«Era tuo dovere anche uccidere Bonfiglio Coppa, un povero converso?»

Berengario chiese con voce gelida: «Come fate a dirlo?».

«La causa di tutto è stato l'insegnamento di Tommaso a Parigi. La dottrina della quale egli andava orgoglioso, ma che non era stata tuttavia compresa e apprezzata dagli uomini che tu hai indicato. Io non ero più inquisitore di Francia e Giovanni da Vercelli non è un leone. Per proteggere Tommaso lo ha inviato a Napoli, dove è venuto di buon grado. Conosceva e amava questa città. E qui ha continuato a lavorare, approfittando anche di un clima più sereno di quello di Parigi, da ogni punto di vista. C'eri comunque tu a controllarlo. Probabilmente hai utilizzato Bonfiglio Coppa o anche il priore, che ti riferivano cosa stesse scrivendo. Quando hai appreso delle sostanze separate, ti sei sentito in dovere di intervenire per fermarlo, ma non potevi accusare di eresia il più insigne teologo del nostro Ordine. Dovevi quindi convincerlo a fermarsi da solo. O ucciderlo. Allora ti sei accorto di quanto Tommaso fosse vulnerabile. Non era più così giovane, ed era malato. Forse anche a causa delle critiche ricevute, alle quali per tutta la vita non aveva mai dato gran peso, iniziava ad avvertire l'esigenza di avere una conferma da Dio sulla sua opera. Aveva esperienze mistiche, come l'incontro con i santi apostoli per la spiegazione su Isaia, o l'apparizione in sogno di Romano di Roma. Veniva inoltre spesso a pregare qui prima delle *vigiliae* e devi averlo spiato anche tu, come ha fatto il sacrestano. Ti sei quindi accorto che chiedeva anche al crocifisso se la sua opera fosse gradita al Signore. Hai notato l'oculo sulla parete dell'altare sopra la croce, facilmente raggiungibile dal tetto del convento per un giovane come te, e hai pensato di sfruttare l'ansia di Tommaso di ricevere l'approvazione divina per indurlo a interrompere la sua opera. Ti sei procurato un elmo pesante o qualcosa che mascherasse la tua voce. Hai rimosso dall'esterno la chiusura dell'oculo, che infatti Bernard nei giorni scorsi ha trovato manomessa, e hai risposto a Tommaso che aveva scritto bene, chiedendogli che ricompensa volesse, come a considerare concluso il suo lavoro. Lui, nella sua suggestione, ha creduto di sentire la voce di Cristo, come l'ha creduto Domenico di Caserta, che proprio quella notte si era nascosto nella cappella. Il sacrestano era sicuro che la voce venisse dal crocifisso. Era buio e nessuno dei due ha pensato, o forse ha voluto pensare, alla possibilità che qualcuno stesse parlando dall'oculo che era sulla stessa parete, poco più in alto. In una delle notti successive, probabilmente quella tra il 5 e il 6 dicembre, hai imposto a Tommaso di smettere di scrivere, aggiungendo qualcosa che lo ha indotto a pensare che tutta la sua sterminata opera fosse soltanto paglia. Potresti avergli citato l'angelo dell'Apocalisse dalla testa luminosa come il sole che intimò a Giovanni di sigillare e non scrivere quello che avevano detto i sette tuoni, o chissà che altro. Non importano i dettagli. La sostanza è che gli hai ordinato di non scrivere più, perché quello che aveva scritto era inutile, intimandogli, ovviamente, di non parlare con alcuno di quella rivelazione. Tommaso era sconvolto e la mattina del giorno di san Nicola, ritrovandosi a dire messa qui, si è sentito male. Vi era già stato un episodio per certi versi simile la domenica di Passione, riferito da Filippo di Castrocielo e di cui non mi avevi detto nulla, ma il 6 dicembre deve essere stato un attacco più forte. Probabilmente dovuto alla malattia che Castrocielo ha definito apoplessia. A quel punto, Tommaso ha smesso di scrivere e alle insistenti domande di Reginaldo ha risposto che non poteva, perché tutto quello che aveva scritto gli sembrava paglia. Con il passare dei giorni, la sua situazione non migliorava. Reginaldo e il priore, preoccupati, hanno deciso di inviarlo dalla sua amata sorella Teodora, nella speranza che ciò lo aiutasse a recuperare le forze. Lì Reginaldo lo ha interrogato più a fondo, andando persino oltre il rispetto dovuto al suo maestro, ma ha ottenuto solo la conferma che Tommaso aveva ricevuto delle rivelazioni tali da fargli sembrare paglia tutto ciò che aveva scritto, e che era stato Dio a ordinargli di fermarsi. Rientrato a Napoli, Tommaso se ne è rimasto per qualche giorno nella sua cella e la cosa ti ha reso inquieto. Temevi che Reginaldo o la sorella potessero avergli fatto cambiare idea. Ormai Tommaso non frequentava più la cappella di San Nicola, così hai deciso di trasformarti nell'angelo dell'Apocalisse, quello dalla testa di sole che ordina a Giovanni di non scrivere. Sei entrato di notte nella sua cella per svegliarlo di colpo e ribadirgli il divieto. Ti sei avvolto nella cappa e ti sei coperto il volto con una maschera nera, tenendo una lampada davanti alla testa. La luce ha tuttavia accecato anche te, impedendoti di vedere che Tommaso non era solo. Nella stanza c'erano Bonfiglio Coppa e suo fratello Nino, che lo stavano vegliando. O meglio, che avrebbero dovuto vegliarlo. Bonfiglio si era assopito e Nino era in dormiveglia. Il ragazzino ha visto la luce e la finestra che si dischiudeva a causa della corrente provocata dall'apertura della porta, e ha pensato a una stella entrata dalla finestra. Ha ridestato il fratello, consentendo a te di accorgerti che c'era qualcuno. Sei andato via subito, ma Bonfiglio ti ha visto. Ovviamente non poteva riconoscerti e ha pensato all'angelo dell'Apocalisse. È questo, infatti, l'unico commento che gli è sfuggito con il piccolo Nino. Tra l'altro, forse non è stata la prima volta che hai utilizzato quella maschera. Un altro degli scolari del convento, Giovanni Blasio, ha raccontato a Guglielmo di Tocco di aver visto una volta Tommaso scacciare un demone nero dalla terrazza fuori dalla cella. In ogni caso, dopo l'apparizione dell'angelo, Bonfiglio era terrorizzato. Per te è stato facile sapere chi ci fosse quella notte a vegliare Tommaso, e forse Bonfiglio è persino venuto a chiederti un consiglio su quello che aveva creduto di vedere, suggestionato da ciò che Tommaso gli stava dettando sulle sostanze separate. Quando hai saputo che sarei arrivato io da Lione, e sono convinto che tu lo sapessi nonostante la sorpresa che hai simulato vedendomi, non potevi correre il rischio che Bonfiglio mi raccontasse dell'angelo. Il Signore ha voluto che Domenico di Caserta non parlasse con nessuno di quanto aveva visto e udito nella cappella di San Nicola, altrimenti sono sicuro che non avrei trovato vivo nemmeno lui. Non credo inoltre che tu abbia ucciso Bonfiglio nel vicolo in cui l'hanno trovato; qualcuno avrebbe potuto vederti. Probabilmente lo hai attirato con un pretesto qualsiasi in uno dei locali sotterranei ai quali si accede dal giardino del convento e che conducono alle caverne dell'acquedotto. Lo hai ucciso e poi, di notte, travestito da popolano, lo hai portato in superficie e abbandonato qui vicino. Mi sono anche chiesto perché tu non abbia fatto sparire il corpo nelle caverne. Poi ho capito che la scomparsa di Bonfiglio avrebbe suscitato più interrogativi e ricerche di un cadavere pugnalato di notte in un vicolo di Napoli, come in effetti è stato. Devi conoscere bene i sotterranei e chissà quante volte te ne sarai servito. Quando ho auspicato che Reginaldo non uscisse dal convento, mi hai risposto che è inutile sorvegliare le uscite, salvo poi sviare subito l'argomento. Ma è quello che volevi dire: è inutile sorvegliare le uscite in superficie, perché ce ne sono molte altre sottoterra.»

«Bonfiglio era complice di Tommaso e sapeva benissimo ciò che stava scrivendo.»

«La sua morte, tuttavia, fa sì che il piccolo Nino racconti l'episodio della stella al suo maestro, Guglielmo di Tocco, aggiungendo il commento del fratello sull'angelo dell'Apocalisse. Guglielmo capisce che anche il bambino e sua madre possono essere in pericolo e, quando gli chiedi dove abitano, si precipita a nasconderli.»

«Dove sono?»

«Al sicuro.»

«Guglielmo sospetta qualcosa?»

Yves ignorò la domanda e proseguì: «Verso la fine di gennaio, è arrivata la convocazione di Tommaso per il Concilio. Era molto tardiva. Le prime convocazioni risalgono alla seconda metà del 1272, mentre le altre allo scorso anno. Il priore e Reginaldo hanno deciso di farlo partire, nonostante le sue condizioni di salute fossero all'evidenza precarie. Il nostro fratello portava con sé l'opuscolo sugli errori dei greci che aveva scritto oltre dieci anni fa per papa Urbano, immaginando di essere stato convocato per quella ragione. In realtà c'era ben altro, come lo stesso Reginaldo aveva intuito. Quando lo hai visto partire, sapevi che non sarebbe mai arrivato a Lione. In pratica, il Tommaso che abbiamo conosciuto era già morto a Napoli, come ha compreso l'erborista di Fossanova appena l'ha visto. A quel punto, per concludere il tutto sarebbe bastato un ramo portato dal vento, uno scossone cavalcando il mulo, o persino un forte starnuto. Non lo sapremo mai, né alla fine è importante saperlo. È invece degno di rilievo il fatto che nessuno dei superiori del nostro Ordine abbia partecipato alle esequie a Fossanova. L'unico vescovo presente era quello di Terracina, un francescano. Un segnale di freddezza nei confronti di Tommaso, frutto del lavoro tuo e di altri, ma non di tutti. Almeno uno degli inquisitori presenti qui al convento, Paolo dell'Aquila, uomo integerrimo, aveva intuito che c'era una manovra in atto contro Tommaso e ha lanciato un messaggio a tutti i fratelli, evocando la visione di san Paolo che lo portava via. Un messaggio che tu hai colto benissimo, tanto da inviarlo a cercare eretici in Sicilia. Hai poi cercato di indirizzare i miei sospetti su Carlo d'Angiò, addirittura inventandoti un incontro tra lui e Tommaso prima della partenza per Lione. Se un simile incontro ci fosse stato, si sarebbe svolto proprio come l'hai raccontato. Ascoltandoti, mi era quasi parso di vederlo rispondere: "Semplicemente la verità". Solo chi conosceva bene Tommaso poteva immaginarselo così, e tu in un anno avevi imparato a conoscerlo. È stato un altro errore che hai commesso. Quell'incontro non c'è stato e non avrebbe potuto esserci, alla luce delle condizioni del nostro fratello. In quello stato non si sarebbe mai recato a Castel Capuano senza Reginaldo, ed è da escludere che sia stato il re a venire al convento, lo avrebbero saputo tutti. Reginaldo, d'altra parte, non avrebbe avuto alcun interesse a negarlo. Il mio arrivo ha ovviamente bloccato l'ulteriore sviluppo dei tuoi piani. Dopo la mia partenza, avresti innanzitutto regolato i conti con il povero Reginaldo, che si ostina a continuare il lavoro di Tommaso. Che cosa avevi in serbo per lui? Un altro lavoretto con il pugnale? Poi un incendio purificatore avrebbe fatto piazza pulita dell'opera di Tommaso, vero?».

«Un incendio rischierebbe di mandare in fumo tutto il convento... Sarà lungo e faticoso, ma le caverne sottoterra inghiottiranno tutto. Mi dispiace, *magister*. Non avrei mai voluto farvi del male, e non avrebbero dovuto mandare voi, ma non posso lasciare che usciate vivo da qui. Ne va della salvezza della Chiesa universale e del nostro Ordine. Dirò che è stato un incidente... Non soffrirete, farò in modo che non vi accorgiate di nulla. Cadrete e sbatterete la testa.»

«E Bernard?»

«Sarà vittima di un altro incidente. Mi dispiace, era un ragazzo promettente. Sarebbe stato un ottimo inquisitore.»

«Dispiace più a me sentirti dire queste cose, credimi» mormorò Yves, prima di scandire: «È vostro, signori».

Tutto accadde in un attimo. Godefroy de Montreveil e Ruggero di San Floro balzarono fuori dai sarcofagi e si gettarono su Berengario, immobilizzandolo senza difficoltà. Il giovane emise un urlo gutturale, da belva ferita. Cercò di divincolarsi, ma fu inutile. Per quanto robusto, non aveva alcuna possibilità contro due esperti soldati. Nello stesso momento, arrivò di corsa anche Bernard. Aveva avuto istruzioni di scendere dal tetto, ma di attendere in chiesa all'ingresso della cappella fino a quando non avesse udito qualcuno gridare.

Yves parlò con tono pacato: «Come hai potuto pensare che sarei venuto da solo? Mi ricordi un inquisitore che conobbi quando ero ragazzo, Robert le Bougre. Si credeva anche lui molto furbo. Finì i suoi giorni in prigione».

Berengario rispose spavaldo: «Nessuno oserà condannarmi».

«Basto io a condannarti, per Tommaso d'Aquino, Bonfiglio Coppa e... Agnese.»

Per la prima volta, Yves lesse l'odio negli occhi del giovane e aggiunse: «Sì, Berengario. Dietro la maschera dell'inquisitore paladino della fede, sei preda di passioni malsane. Riflettendo sulla guarigione di Reginaldo con le reliquie di sant'Agnese e sulla tua improvvisa veemenza contro Tommaso quando abbiamo parlato della bellezza, mi sono ricordato della badessa di Benevento rispetto alla quale già otto anni fa ti avevo messo in guardia. Così, quando ho avuto occasione di parlare con una monaca benedettina qui a Napoli, le ho chiesto di lei. La sua reazione gelida ha ridestato in me un sospetto. Ho quindi affidato al cavaliere di San Floro una lettera per de Noyelles e ho chiesto collaborazione alla giustizia del re. Il cavaliere è tornato ieri, dopo aver svolto indagini a Benevento con lo *iudiciarius* regio. Avevo domandato di verificare se vi fossero state tue visite alla badessa di Benevento e di ricorrere, se necessario, alle *quaestiones*. Trattandosi di un monastero di clausura, non dovrebbero essere ammessi uomini, ma noi sappiamo che così non è stato, in quella notte di febbraio di otto anni fa. Alla fine, sotto minaccia di tortura, una monaca ha confessato che Agnese ha incontrato più volte in gran segreto l'inquisitore del regno, Berengario da Verona, che stava conducendo un'inchiesta a Benevento, di cui qui nessuno sapeva niente. Dio solo sa che cosa avete osato. Ecco perché hai reagito in quel modo quando, dopo aver rievocato il sacrificio di sant'Agnese, ho riassunto a Bernard il problema della bellezza nel pensiero di Tommaso. Alla fine, è stata la bellezza a tradirti».

Il giovane rispose a Yves con tono sprezzante. «C'è qualcosa che nella vostra fredda logica non potrete mai capire, *magister*: l'amore. Proprio come il vostro amico Tommaso, che finiva per negare all'uomo la possibilità di cogliere l'intima bellezza del creato e alla fine rifletteva sulla intrinseca bontà del diavolo, ritenendolo incapace di un errore di giudizio. Non c'è nulla di torbido o di peccaminoso nell'amore, nemmeno in quello tra un frate e una monaca. Se Dio ha creato l'uomo e la donna, è perché fossero naturalmente attratti l'uno dall'altra e si amassero. L'amore è il più grande dono di Dio.»

Yves abbassò la testa e tacque, poi la rialzò e mormorò: «Hai ragione, ci sono cose che non potrò mai capire... Ma è andata così».

A un suo cenno, Godefroy de Montreveil estrasse un coltello e senza tradire alcuna emozione tagliò la gola di Berengario con un gesto veloce, come se stesse sgozzando un capretto. Uno spruzzo di sangue uscì dalla ferita macchiando la tunica di Bernard, mentre l'uomo si accasciava a terra con l'espressione stupita che Yves aveva già visto sul volto di una ragazza di nome Roxanne, una notte di tanti anni prima.

Capì allora che si era chiuso un cerchio. Era alla fine della strada iniziata a Mons Hysmerum e l'arrivo era identico alla partenza, solo che al posto del vecchio *magister* c'era lui, mentre Bernard aveva preso il suo, con la tonaca sporca di sangue. Fu anche certo che Mathieu de Bourbon conoscesse già quell'epilogo, e che per questo lo avesse scelto. Si chiese se da quella notte Bernard avrebbe convissuto con gli incubi, come era capitato a lui.

La reazione dell'allievo gli fece tuttavia capire che i tempi stavano cambiando. Guardando il corpo di Berengario, dal quale continuavano a uscire getti di sangue, il giovane pose la domanda che a suo tempo egli non aveva osato rivolgere. «Era necessario, *magister*?»

Consapevole che il suo maestro con lui non lo avrebbe fatto, Yves rispose: «Sì, Bernard. Era necessario. Non potevamo torturare l'inquisitore del regno per fargli rivelare i nomi dei suoi complici, né processarlo. Un processo del genere avrebbe scosso dalle fondamenta l'idea stessa dell'inquisizione, e non ce lo avrebbero consentito. Provo un grande dolore, ma in questi casi bisogna risolvere le questioni in modo definitivo e senza clamore».

«Perché parlate di complici? Pensate che Berengario non abbia agito da solo?»

Yves si avviò lentamente verso l'uscita della cappella. Godefroy de Montreveil e Ruggero di San Floro si sarebbero occupati del corpo e di ripulire la cappella prima delle *vigiliae*. Per rispondere alla domanda di Bernard, aspettò che fossero in chiesa. «È evidente che non ha agito da solo. Qualcuno lo ha informato in modo distorto e parziale delle controversie che hanno coinvolto

Tommaso a Parigi e di quello che egli stava scrivendo qui, facendogli credere che fosse impazzito e che la sua dottrina fosse eretica. Questo qualcuno gli ha anche riferito del mio arrivo e gli ha chiesto di indirizzare i miei sospetti sul re. Nello stesso tempo, ha informato proprio le spie di Carlo a Lione, per fare in modo che fossimo uccisi da lui, come sarebbe accaduto se non fosse stato per i lupi inviati dalla Provvidenza divina. Berengario era solo la pedina di una trama più vasta.»

«E qual è lo scopo di una simile trama?»

«Questa è la domanda più interessante. Conoscere lo scopo vorrebbe dire individuarne l'artefice, oltre al diavolo che si scorge nitidamente all'opera. Tommaso era comunque un ostacolo al raggiungimento di questo scopo e Carlo era stato identificato come capro espiatorio. A questo punto, io stesso sono un ostacolo, come lo è qualcun altro, a Lione.»

«Siamo quindi ancora in pericolo, *magister*?»

«Non abbiamo mai smesso di esserlo. Perché credi che ci abbiano assegnato una scorta?»

«E ora che facciamo?»

«Andiamo a dormire... Domani mattina parlerò con i fratelli del convento, che saranno allarmati per la scomparsa di Berengario. Diremo che non sappiamo dov'è e che potrebbe essersi addentrato da solo nelle caverne sotterranee, piene di insidie. Incoraggerò poi Reginaldo a continuare l'opera di Tommaso, garantendogli l'appoggio dell'Ordine, e appena giungerà la *Santa Maria* ripartiremo per Lione.»

«Che cosa temete?»

«Che uccidano ancora.»

21

L'orazione funebre

Lione, 15 luglio 1274, prima dei vespri

Il suono delle campane a morto accolse il piccolo gruppo di cavalieri alla porta meridionale della città, sulla via di Avignone. Il viaggio di ritorno era durato quasi un mese. Prima i venti contrari da nord, poi duecento miglia risalendo il Rodano via terra da Arles. I soldati di guardia s'inchinarono ai frati. Dopo un veloce segno di benedizione, Yves chiese in francese a uno di loro: «Chi è morto?».

L'uomo rispose scoprendo la bocca senza incisivi superiori: «Ne muoiono tanti, padre. Quasi ogni giorno. Oggi è toccato al cardinale Bonaventura».

Yves si portò una mano sul volto, coprendosi gli occhi, mentre Godefroy de Montreveil chiedeva: «C'è la peste?».

La guardia scosse la testa. «No, nessuna peste, ma con il Concilio in città ci sono troppi vecchi.»[1] Il soldato diede un'occhiata a Yves e scrollò il capo, esprimendo così il suo scetticismo circa le prospettive di sopravvivenza dell'anziano frate, il quale chiese: «Dov'è?».

«Al convento dei cordiglieri.[2] I funerali si terranno ai vespri, alla presenza del papa.»

[1] Dei 560 tra cardinali, vescovi e abati che parteciparono al Concilio ne morirono 166.
[2] Frati francescani.

Yves spronò il mulo senza dire altro.

Il convento dei frati minori di Lione includeva una piccola chiesa e si trovava nella penisola tra il Rodano e la Saône, al centro della città, lungo la strada Tabourin.[3] C'era folla. Yves smontò dal mulo, ma solo grazie all'intervento di Montreveil e dei suoi uomini riuscì a farsi largo. All'ingresso dell'edificio c'era Jean de Montfort, che appena lo vide gli andò incontro.

«*Magister!* Sono contento di rivedervi!»

Yves rispose, con aria grave: «*Pax tecum*, Jean. Sono arrivato troppo tardi».

Il conte lo guardò perplesso e l'anziano inquisitore proseguì: «Entriamo».

La chiesa era gremita e si sentiva un forte profumo d'incenso. La cerimonia, officiata da Pierre de Tarentaise, era già iniziata. La salma era davanti all'altare e il papa era seduto al centro dell'abside. L'officiante stava salendo sul pulpito per l'orazione funebre.

Yves chiese sottovoce a Jean: «È morto oggi?».

«Questa mattina. Vogliono seppellirlo subito.»

«Come è successo?»

«Non lo so. Ho sentito dire che fino a pochi giorni fa partecipava ai dibattiti con gli inviati dell'imperatore di Bisanzio, poi si è improvvisamente ammalato.»

L'inquisitore annuì mentre Pierre de Tarentaise iniziava a parlare: «*Doleo super te, frater mi Jonatha...*».[4]

Yves guardò l'alta figura sul pulpito, poi fissò la salma vestita con il saio grigio francescano e immaginò di rivolgersi direttamente a lei. "Sono arrivato troppo tardi, fratello, ma ti ho compreso. Tutti pensavano che saresti stato il prossimo papa. Pur estraneo al Sacro Collegio, eri stato l'artefice dell'elezione di Tedaldo Visconti. Da cardinale, il tuo peso nella scelta del successore di Gregorio sarebbe stato, se possibile, ancora maggiore.

[3] Oggi in Place des Cordeliers sorge la basilica di San Bonaventura, eretta nel Trecento.

[4] «Mi dolgo per te, fratello mio Gionata», dal Secondo libro di Samuele I,26.

Sapevi tuttavia che non avresti potuto essere tu e, a torto o a ragione, ritenevi che l'uomo giusto fosse Tommaso. Questo perché la tua salute era malferma e sentivi che saresti tornato presto alla casa del Padre, o perché volevi sbarrare la strada a Pierre de Tarentaise e credevi che solo un altro domenicano potesse farcela? Eri stato avversario di Tommaso in tante contese teologiche, ma sempre con lealtà e fraterna amicizia. Ne ammiravi il rigore e la visione universale. Avevi invece assistito con preoccupazione all'ascesa di Pierre, di cui conoscevi e temevi l'ambizione. Hai così chiesto al papa di convocare Tommaso al Concilio per fargli tenere il discorso di apertura di una delle sessioni e nominarlo cardinale. Avresti pensato tu al resto. Gregorio ha tuttavia informato Pierre delle tue richieste e l'altro si è reso subito conto del disegno che esse celavano. Ha risposto al papa che se ne sarebbe occupato lui e ha scritto a Berengario a Napoli, ma non per convocare Tommaso al Concilio, bensì per chiedergli di tenerlo d'occhio. Simulando preoccupazione, gli ha rivelato che le opere di Tommaso erano in odore di eresia e che il nostro fratello era stato allontanato da Parigi per evitare una condanna vescovile che avrebbe potuto travolgere tutto l'Ordine. Gli ha accennato alle questioni dell'unicità della forma sostanziale, dell'eternità dell'universo e della correzione fraterna, proprio come ha fatto con me prima della partenza, per indurmi a pensare che si fosse spinto oltre ciò che era lecito. Tarentaise era inoltre informato di quello che Tommaso stava scrivendo a Napoli. Glielo riferiva Giovanni da Vercelli, che lo apprendeva dal priore di San Domenico. Il tema delle sostanze separate si prestava bene alla fase finale di una manovra in corso da tempo. Forse già da quando Pierre, come provinciale dell'Ordine in Francia, aveva fatto in modo che Tommaso lasciasse Parigi, criticandone velatamente alcune posizioni dottrinarie d'accordo con Robert Kilwardby. Fratello mio, nonostante le parole di Giovanni da Vercelli, che mi metteva in guardia contro di te, ti ho subito escluso dal novero dei sospettati: nessun predicatore avrebbe mai informato i francescani di ciò che Tommaso stava scrivendo a Napoli. È stata una trama tutta interna al nostro

Ordine: un cardinale domenicano convince un giovane inquisitore domenicano a fermare il più grande teologo domenicano. Con il suo zelo spietato, credendo di salvare l'Ordine, Berengario ha interrotto l'opera e la vita stessa di Tommaso. Quando poi finalmente è arrivata a Napoli la convocazione, l'ultima delle oltre seicento inviate per il Concilio, è stato Reginaldo a intuire che non si trattava solo di venire a parlare degli errori dottrinali dei greci, ma che Tommaso sarebbe stato nominato cardinale e che sarebbe potuto diventare papa. Ha quindi cercato in tutti i modi di farlo proseguire verso Lione, ma ormai non c'era più nulla da fare. Proprio la morte del nostro fratello, tuttavia, ha ridestato in te lo spirito del vecchio leone. Hai deciso di candidarti al soglio e hai chiesto al papa di inviarmi a Fossanova e a Napoli, facendogli credere che ciò fosse utile a smascherare le trame di Carlo d'Angiò contro il Concilio. Sei stato tu a suggerire di inviare Jean de Montfort a Morlaix con l'ordine di portarmi a Lione, se necessario anche con la forza. Pensavi che io fossi l'unico a poter scoprire la verità, alla luce del mio passato e dei rapporti con il re di Sicilia e gli inquisitori del regno. Ciò ha tuttavia allarmato Tarentaise, il quale ha informato sia Berengario che le spie di Carlo del mio arrivo e probabilmente ha iniziato allora a organizzare la tua eliminazione. Non so se c'è riuscito, eri certamente in guardia e forse è stato Dio a chiamarti a sé, ma Tommaso, Bonfiglio e lo stesso Berengario sono stati vittime del suo disegno perverso e diabolico. Avevi visto bene, amico mio, eppure il risultato è ciò che abbiamo di fronte. Pierre de Tarentaise che pronuncia la tua orazione funebre. Puoi comunque riposare in pace. Non ho prove per accusarlo, ma la giustizia di Dio non ha bisogno di prove."

Al termine della cerimonia, mentre si avviava verso l'uscita seguito da Jean, qualcuno gli toccò un braccio.

«*Magister!* Siete proprio voi!»

Il frate si voltò e lo riconobbe, anche se era passato tanto tempo. Un templare alto e abbronzato sui quarantacinque anni, dagli occhi celesti. I capelli e la barba che Yves ricordava biondissimi erano ora quasi completamente bianchi. Guillaume de Beaujeu, l'uomo per il quale il suo primo allievo, Nicola di Hanapes, era rimasto ad Acri vent'anni prima, anche se nessuno dei due l'avrebbe mai ammesso.

L'inquisitore esclamò sorpreso: «Guillaume! E tu che ci fai qui?».

«Partecipo al Concilio, sono stato nominato gran maestro del Tempio.»

«Congratulazioni!» fece Yves. «Scegliendo te, per una volta i tuoi fratelli hanno dimostrato saggezza.»

L'uomo gli rivolse un sorriso e il frate domandò: «Sei arrivato da Acri?».

«Sì, sono qui da maggio.»

«Com'è la situazione, laggiù?»

«Molto difficile. Baybars ci ha inferto perdite terribili e abbiamo ormai poche fortezze: Acri, Tripoli, Château-Pèlerin, Tortosa e qualche altra. Se non ci sarà un'altra grande *expeditio crucis*, potremo solo morire combattendo.»

«Nicola come sta?»

«Bene. È diventato priore del convento dei predicatori di Acri e...»

Un vecchio con la veste domenicana si parò loro davanti, interrompendo il maestro del Tempio. «Yves, fatti abbracciare...»

Era alto, senza barba, gli occhi celesti lucidi di pianto. Yves lo riconobbe subito: Alberto Magno, il maestro di Tommaso d'Aquino.

Lione, castello di Pierre Scize, 16 luglio 1274, sera

La sala era la stessa in cui lo avevano ricevuto quella sera agli inizi di maggio. Il posto di Bonaventura alla sinistra del papa era ora occupato da Giovanni da Vercelli. Yves stava terminando il racconto della sua missione al papa: «In conclusione, il povero Tommaso, forse anche a causa dei suoi frenetici ritmi di lavoro, è caduto vittima, il giorno della festa di san Nicola, di un attacco cerebrale che i medici chiamano apoplessia. Ciò lo ha profondamente trasformato e gli ha impedito di continuare a scrivere. Devoto e obbediente come sempre, si è messo in viaggio per Lione nonostante le precarie condizioni di salute, ma non lontano da Montecassino ha preso accidentalmente un colpo alla testa urtando un ramo e si è aggravato. A Fossanova è tornato alla casa del Padre, circondato dalle preghiere e dall'affetto dei monaci dell'abbazia e di Reginaldo da Piperno, che ha cercato in tutti i modi di aiutarlo e di proteggerlo e custodisce ora le sue opere».

Giovanni da Vercelli aggiunse: «Il capitolo generale del nostro Ordine tenutosi qui a giugno ha incaricato Reginaldo da Piperno di redigere il catalogo delle opere di Tommaso».

«Baldovino di Courtenay» proseguì Yves «è invece morto con i suoi commensali per aver mangiato funghi velenosi. Non ho trovato prove di un coinvolgimento di Carlo d'Angiò o di altri. Questo è tutto, Santità.»

Era tutto vero, ma non aveva detto la verità, omettendo di riferire di Berengario, della cappella di San Nicola e delle dichiarazioni di Tommaso sulla paglia.

Il papa annuì e concluse: «Vi ringraziamo, frate Yves. Sapevamo di poter fare affidamento sulle vostre capacità. Anche in questo, aveva ragione il nostro fratello Bonaventura, che purtroppo non è più tra noi. Vi stimava molto e ieri mattina, sul letto di morte, quando gli abbiamo somministrato personalmente gli ultimi sacramenti, ci ha chiesto di confermarvi nell'incarico di inquisitore generale della pravità eretica. È questa, pertanto, la richiesta che vi rivolgiamo».

Fino a quel momento, Pierre de Tarentaise era rimasto in silenzio, il capo chino a scrutare il pavimento di terracotta. Sentendo le parole del papa, sollevò la testa e incrociò lo sguardo di Yves.

Nel corso della giornata, l'inquisitore aveva avuto conferma da Alberto Magno, Guillaume de Beaujeu e Jean de Montfort che ormai l'arcivescovo di Lione era l'astro nascente della Chiesa universale. Oltre all'orazione funebre per Bonaventura, aveva tenuto i discorsi di apertura della terza e della quarta sessione del Concilio, il 7 giugno e il 6 luglio, e proprio quella mattina aveva battezzato nella cattedrale di Saint Jean uno degli ambasciatori del re dei tartari Abaqa e un suo compagno.

Fu quindi guardando dritto negli occhi il cardinale che Yves rispose: «Sia fatta la volontà di Dio».

22

La giustizia di Dio

Lione, edificio adiacente alla cattedrale di Saint Jean, 17 luglio 1274, ora nona

«I vecchi piangono più dei bambini, Yves.»

Alberto Magno aveva di nuovo gli occhi pieni di lacrime. L'inquisitore aveva appena finito di narrare gli eventi, questa volta senza omettere nulla. Aveva bisogno di alleati nella lotta titanica che aveva ingaggiato con la personificazione del male. Cercò di sdrammatizzare.

«Non sei poi così vecchio, Alberto. Hai solo qualche anno più di me.»

«Ho sessantotto anni, ma dopo aver ascoltato il tuo racconto me ne sento cento. La luce della Chiesa è stata spenta. Portai con me Tommaso nel nostro *studium* generale a Colonia quando era poco più che ventenne. Lì i confratelli, per la sua mole e il suo atteggiamento taciturno, lo soprannominarono il bue muto. Quando lo seppi, commentai: "Lo chiamate bue muto, ma vi dico che, quando questo bue muggirà, i muggiti si sentiranno da un capo all'altro della terra". Così è accaduto. Il paradosso è che sono stato maestro anche di Pierre de Tarentaise, suo coetaneo. Anche lui era un allievo brillante, ma non come l'altro, e quando Giovanni da Vercelli lo cacciò dalla cattedra di Parigi per i commenti alle sentenze di Pietro Lombardo fu proprio Tommaso a salvarlo con un suo parere.»

«Me l'ha detto anche Pierre.»

«Come è possibile che da uno stesso maestro vengano fuori due allievi così diversi? Ho sbagliato io?»

«Caino e Abele erano fratelli.»

«Già, hai ragione. Pierre si è fatto sedurre dalle tentazioni che il demonio rivolse a nostro Signore nel deserto. Alla fine, è difficile sottrarvisi. Devi fermarlo, Yves. È questo che ti ha voluto chiedere Bonaventura implorando Gregorio di confermarti nel tuo ufficio.»

«Lo avevo compreso, ma non ho prove per accusarlo apertamente.»

«La giustizia di Dio sa essere paziente. Lasciamo che diventi papa. Non durerà a lungo.»

«Che vuoi dire?»

«Il grande drago, il serpente antico, colui che chiamiamo il diavolo e Satana e che seduce tutta la terra, fu precipitato sulla terra e con lui furono precipitati anche i suoi angeli.[1] Devo confessarmi, ma a mio fratello, non all'inquisitore.»

«Quali peccati non potresti confessare a un inquisitore?»

«Ho condotto ricerche su metalli e altre sostanze, a Colonia e a Ratisbona... Ho riscoperto e isolato un veleno antico, di cui nei secoli si era persa memoria. Aristotele lo chiamava sandaraca, altri *arsenikon*.»

Yves non credeva alle sue orecchie. «Tu pratichi l'alchimia...» mormorò.

Quasi due anni dopo, notte tra il 21 e il 22 giugno 1276, nel palazzo del Laterano a Roma

Il servo dei servi di Dio, papa Innocenzo V, si svegliò di colpo, avvertendo una grande arsura. La stanza era avvolta nel buio. Da diversi giorni era afflitto da una progressiva debilitazione fisica di cui i medici non riuscivano a comprendere la causa. Dai loro volti, aveva capito che il Signore lo stava chiamando a sé.

[1] Apocalisse 12,9.

Appena cinque mesi prima era stato eletto papa ad Arezzo, a pieni voti e al primo scrutinio. Il primo pontefice dell'Ordine domenicano. Un approdo inseguito per tutta la vita e che ora stava svanendo, come un sogno in un sogno. Gli parve di vedere un'ombra e chiese con voce flebile: «Chi è? Yves, sei tu?».

Nessuno rispose e Pierre de Tarentaise pose altre domande. «Dove ti eri cacciato? Ti ho fatto cercare ovunque. Ti hanno nascosto i templari in Terrasanta, vero? E perché le guardie non ti hanno fermato? Hai detto loro che sono uno strumento di Satana, per convincerle a farti entrare? Ti sbagli.» Fece una smorfia che si risolse in un ghigno e continuò: «Sono stato uno strumento di Dio. Bonaventura, dopo aver fatto eleggere Gregorio che non era nemmeno vescovo, voleva Tommaso papa. Sarebbe stata la fine della Chiesa, il cemento della nostra civiltà. Il nostro fratello si era perso in speculazioni che avrebbero destato sconcerto nel popolo di Dio. Dopo aver seminato dubbi sulla resurrezione del corpo e sulla stessa creazione dell'universo, stava studiando le sostanze separate, i diavoli, sostenendone la bontà intrinseca. Da pontefice, avrebbe portato la Chiesa a un altro scisma. Dovresti saperlo, i rivolgimenti dall'alto finiscono per fallire e distruggono tutto... È stato Berengario da Verona a scrivermi preoccupato. Si sarebbe ovviamente rivolto a te, se non fossi fuggito a Morlaix dopo aver condotto la crociata al disastro. Gli ho quindi dato istruzioni su come procedere, preavvisandolo poi del tuo arrivo. Gli avevo anche chiesto di eliminarti, ma non ha voluto farlo. Tutto sommato, era un debole, come dimostra il suo rapporto morboso con quella monaca... Sei stato tu a farlo sparire, vero? Dicono che sia caduto in qualche baratro nei sotterranei di Napoli, ma sono convinto che con la tua insopportabile arroganza ti sei sostituito ancora una volta a Dio, come faceva il tuo sanguinario maestro. Scegliendo te, il vecchio Mathieu aveva visto giusto, e Bonaventura lo sapeva. Ecco perché ti ha messo sulla mia pista, come un cane da caccia... No, ti prego, non dirmi che Domenico ha fondato il nostro Ordine proprio dopo aver sognato un cane bianco e nero con un tizzone ardente in bocca. In ogni caso, tra poco morirò e scoprirò chi di noi due ha ragione. I medici non sanno che cosa mi sta succedendo, ma tu sì, vero? Ancora una volta, hai deciso di sostituirti a Dio! Alla fine, i veri demoni sono quelli come te, Yves, proprio come diceva il tuo amico Tommaso, intimamente buoni e convinti di perseguire il bene».

Epilogo

Avignone, chiesa di Santa Maria, 18 luglio 1323, sera

Nella chiesa sulla collina, l'anziano inquisitore Bernard de Guyonne, più noto come Bernardo Gui, continuava ad ascoltare brani delle biografie di Tommaso d'Aquino scritte da lui e da Guglielmo di Tocco.

Oltre a quelle, per arrivare alla canonizzazione c'erano stati ben due processi, affidati a inquisitori non domenicani.

Il primo si era svolto nell'estate del 1319 a Napoli ed era stato presieduto dall'arcivescovo di quella diocesi, Umberto d'Ormont. Erano sfilati numerosi testimoni. Il vecchio monaco cistercense Pietro di Castro Monte San Giovanni aveva rievocato il miracolo delle aringhe di Magentia e gli ultimi giorni di Tommaso a Fossanova. Il notaio napoletano Giovanni Coppa aveva narrato il miracolo della stella al quale aveva assistito da bambino e il dottor Giovanni Blasio di come Tommaso avesse scacciato il demone nero dalla terrazza del convento di San Domenico.

Per Bernard, la testimonianza più interessante era stata quella di Bartolomeo di Capua, logoteta e protonotario del regno di Sicilia, un uomo potente, depositario di tanti segreti e abituato a pesare ogni parola. Era stato anche amico e confidente di frate Giovanni di Gaeta, il quale aveva confessato Reginaldo da Piperno in punto di morte, nel 1290. Il logoteta aveva così rivelato agli inquisitori ciò che era accaduto il 6 dicembre 1273 e quello che Tommaso aveva detto a Reginaldo nel castello di San

Severino. Bartolomeo aveva anche fatto il nome dell'assassino di Tommaso. Nel descrivere infatti minuziosamente le ripetute esumazioni alle quali il corpo di Tommaso era stato sottoposto dai monaci di Fossanova, aveva spiegato che la prima si era verificata il giorno dopo la sepoltura, nel timore che Pierre de Tarentaise, appena eletto papa, chiedesse la restituzione del corpo ai domenicani. Tarentaise era asceso al soglio solo due anni dopo la morte di Tommaso ed era deceduto nel sonno dopo appena cinque mesi di pontificato. Il logoteta era troppo esperto per commettere un errore di datazione così grossolano, come sapeva bene chi lo stava interrogando. Nessuno, tuttavia, aveva ritenuto opportuno rivolgergli domande sul punto e quella incredibile dichiarazione era stata accettata e verbalizzata. Era possibile che Bartolomeo avesse voluto indicare il mandante del delitto e che gli inquisitori avessero preferito non approfondire? Eppure erano stati molto attenti e curiosi sulle aringhe di Reginaldo, sulla stella di Nino Coppa e su tutti i miracoli di Tommaso.

Il secondo processo, tenutosi a Fossanova nel novembre del 1321 e affidato a inquisitori diversi, era stato dedicato solo ai miracoli e alla devozione popolare per Tommaso, spontaneamente diffusasi nella zona tra Piperno e Terracina già poco dopo la sua morte.

I miracoli. Come se la santità di Tommaso dipendesse da quelli, anche se ovviamente nelle biografie erano citati. Il dialogo con il crocifisso al quale aveva assistito Domenico di Caserta era stato peraltro riportato solo da Guglielmo di Tocco, non da Bernard.

Il vecchio inquisitore era convinto che la santità e la straordinaria grandezza di Tommaso d'Aquino dipendessero da altro. Dalla monumentale opera che aveva donato all'umanità, facendola uscire dalla nebbia dei simboli e delle superstizioni, ma soprattutto dal suo metodo. Aveva spiegato all'uomo che con la ragione di cui Dio l'ha dotato può raggiungere qualunque cosa, persino Dio stesso.

Bernard, alla fine, sorrise tra le lacrime. Aveva compiuto la missione che il suo *magister* gli aveva affidato tanti anni prima e ora la Chiesa aveva un nuovo santo.

L'ultimo omaggio di Yves le Breton al suo amico Tommaso.

L'11 aprile 1567, papa Pio V, domenicano, già grande inquisitore della Chiesa romana, con la bolla Mirabilis Deus *dichiarò Tommaso d'Aquino dottore della Chiesa.*

Da allora, la teologia di Tommaso è la teologia della Chiesa cattolica.

Ringraziamenti

Questo volume, come gli altri che lo hanno preceduto, deve la sua pubblicazione alla professionalità e al supporto di Marco Garavaglia, che ringrazio di cuore.

Ringrazio inoltre Massimo Turchetta e tutta la squadra di Rizzoli, a partire da Federica Magro e Paola Beretta, che con entusiasmo e competenza mi hanno accompagnato alla pubblicazione.

Un grande grazie anche a Silvio Garofalo e a Massimiliano Guerriero per i loro preziosi consigli e al mio personale comitato di lettura, Francesca, Luca e Raniero. Un grazie infine ad Alfonsina, per il suo costante e amorevole sostegno.

Indice